EL ASESINO DE LAS ESFERAS

Y OTROS RELATOS

ExLibric

GUILLERMO J. CAAMAÑO

EL ASESINO DE LAS ESFERAS
Y OTROS RELATOS

EXLIBRIC
ANTEQUERA 2021

EL ASESINO DE LAS ESFERAS Y OTROS RELATOS

Diseño de portada: Dpto. de Diseño Gráfico Exlibric

Iª edición

Editado por: ExLibric
c/ Cueva de Viera, 2, Local 3
Centro Negocios CADI
29200 Antequera (Málaga)
Teléfono: 952 70 60 04
Fax: 952 84 55 03
Correo electrónico: exlibric@exlibric.com
Internet: www.exlibric.com

ISBN: 978-84-19092-44-1
Depósito Legal: MA 1464-2021

Nota de la editorial: ExLibric pertenece a Innovación y Cualificación S. L.

GUILLERMO J. CAAMAÑO

EL ASESINO DE LAS ESFERAS

Y OTROS RELATOS

CONTENIDO

AMABLACIONES 13
Figura literaria 15
Circunstancias 18
Té negro 20
Vetus magister 24
Tradición 25
Entrega total 27
Reciprocidad 28

FATALEMAS 31
El incidente de la lectura 16 33
Plegaria 36
Bosque 38
Emisario 39
Una casita blanca entre árboles 41
Un amigo 44
Una pequeña mancha de color púrpura 46

MUNDIVERSOS 49
Apocalipsis 51
La práctica 53
Despedida 55
Amanda 56
Mentiroso chamán 58

FRIGANZAS 61
Ancestral 63
Aspiraciones truncadas 65
Musique mortelle 67
XT-23 68
Enemigo 71
Cincel 73

BIOMENTOS 77
Simiente maldita 79
Carta a don Tomás 80
Ida y vuelta 83
Un instante de felicidad 86
Lepidóptero 87

BRELATOS 89
Turista nocturno 91
Indefectible 92
Descenso 93
Mi colección 94
Pandemia 95
Alivio de luto 96
Contorsionista 97

CHANCERÍAS 99
Concurso 101
Bucle 102
Fábula 104
¡Sorpresa! 105

Mala imitación nacarada........ 106
Divertimento........ 108

OSCURESCENCIAS........ 111
Por última vez........ 112
Cumpleaños........ 113
De caza........ 117
Desaparecido........ 120
No hace falta que bajes........ 121
Zanyepe tamo........ 123
Papirografía........ 124
El asesino de las esferas........ 125

Notas del autor........ 145

AMABLACIONES

Figura literaria

Pasó largo rato dudando, cambiando de sitio los objetos y, sobre todo, desechando algunos de los trabajos más antiguos para hacer sitio a la nueva pieza. No era tanto una necesidad como un juego, una forma de finalizar y dar sentido a ese día, tan igual a tantos otros, que le había dejado una huella particular.

Aquella tarde había acudido como de costumbre al taller de manualidades. Siempre afrontaba el camino con la ilusión que despertaba en su mente, ajada por la vida y por el tiempo, la certeza de que el profesor habría preparado para ellas una nueva y maravillosa ocupación que le haría olvidar los cotidianos desvelos y le transportaría, mágicamente, a una infancia donde la responsabilidad aún no se había convertido en un peso y la alegría de todo nuevo descubrimiento flanqueaba cada uno de sus pasos.

Al llegar, percibió el olor dulzón de la cola blanca y ese ligero aroma a serrín que inundaba habitualmente el taller. Esparcidos sobre la mesa de trabajo había un montón de periódicos, catálogos y revistas. Las compañeras estaban ya sentadas y se afanaban en elegir la página que mejor serviría a sus propósitos.

—Hoy haremos papiroflexia —dijo el profesor, dirigiéndose a la recién llegada mientras trazaba en la pizarra una serie de rombos unidos por líneas de puntos.

Con diligencia, colgó el abrigo en el perchero y se sentó en la silla de siempre, cerca de la puerta, para salir la primera al terminar la clase.

—Esta mañana he visto a tu nieta. Iba en la moto con el novio ese que tiene ahora —dijo una mujer a su lado. Ignoró el comentario de su vecina de asiento, a quien conocía desde muchos años atrás, cuando ninguna de ellas tenía edad para pensar en algo que no fuera acudir al baile o reír sin motivo. Aunque no era consciente de ello, ambas habían seguido vidas paralelas, casadas demasiado pronto con hombres que las cargaron de demasiados hijos para, acto seguido, morir demasiado jóvenes.

Entre el revoltijo de la mesa, llamó su atención lo que parecía ser una antigua revista literaria llamada *Nefelibata*, desde cuya portada un ser mitológico la miraba fijamente. En ese instante sintió una extraña atracción hacia aquellas páginas, aunque sólo duró unos pocos segundos, ya que otra de las compañeras arrancó, sin miramientos, casi todo el contenido. Cogió lo que quedaba de la revista, abierta por una página titulada «Poema». Lo leyó con interés y supo reconocer su belleza, aunque no fue capaz de dilucidar si trataba de amor o de desamor. Sintió que, ya que aquel ejemplar de la revista no iba a durar mucho, sería bonito que ese poema tuviera todavía un poco más de vida, convertido en una figura de papel sobre algún mueble de su dormitorio.

Estuvo atenta a las explicaciones y, con paciencia y esmero, fue realizando los dobleces pertinentes. Primero amplios y sencillos. Luego más intrincados, poniendo a prueba la habilidad de unos dedos que la artritis luchaba por inmovilizar. Sin duda, esa dificultad contribuyó decisivamente a fortalecer la conexión emocional que había establecido con su pequeña obra.

En el camino de vuelta, sólo acompañada por el sonido de sus pasos sobre el empedrado, se veía a sí misma como la desconocida heroína que había salvado del olvido apenas una pequeña mota de historia y, con ella, la memoria pasada de personas a las que no había conocido pero admiraba sin saber por qué.

Ya en el dormitorio, al finalizar el ritual de la colocación, se sintió orgullosa de haber conseguido que aquello, que seguramente había comenzado como la noche de insomnio de un aspirante a poeta y se había prolongado en la aventura editorial de un grupo de locos, acabase convertido en un majestuoso cóndor de papel. Listo para una nueva existencia. Inmóvil sobre el cristal de una cómoda pero, como todos aquellos que participaron en su creación, soñando con sobrevolar las nubes.

Circunstancias

La encendida arenga que aquel hombre pronunció, con el torso desnudo y espada en mano, resuena con nitidez en mi mente:

«He escuchado los rumores que atribuyen a nuestros enemigos una fortaleza sin igual, que les permitirá vencernos con la misma facilidad que la hierba queda aplastada por el simple pisar de una sandalia. Pero os aseguro que estáis absolutamente equivocados. Que aquellos a quienes os enfrentaréis mañana durante la batalla son hombres corrientes, que serán tan fuertes o frágiles como vosotros, con vuestro ataque, les concedáis ser. Dejad vuestro brazo indefenso por un instante y lo seccionarán sin piedad. Ofreced vuestro cuello y la sangre brotará de él tan deprisa que no tendréis tiempo de recordar el cálido aroma de vuestras esposas antes de caer pesadamente al suelo convertidos en mudos cadáveres. Mostradles cobardía y les estaréis transformando en dioses invencibles. Pero si blandís valientemente vuestra espada, si la hundís con furia en los puntos más sensibles de sus cuerpos sin dejar aflorar el menor atisbo de misericordia, si con cada mirada conseguís inundar sus almas de terror y con la firmeza de cada paso que avancéis les obligáis a retroceder, serán ellos quienes se arrepientan de haber amenazado nuestras tierras y concluyan que se enfrentan a un ejército imbatible, ante el cual sus únicas opciones son la huida o la muerte. Y cualquiera que elijan hará que se os recuerde como los héroes que salvaron Esparta de las tropas invasoras».

Sus palabras fueron tan rotundas e inspiradoras, y la pasión con que las pronunció resultaba tan contagiosa, que yo hubiera seguido ciegamente las órdenes de ese hombre y me hubiese enfrentado frenéticamente a tan feroces adversarios, entregando para ello mi vida. Pero eso habría sido en otras circunstancias. En las actuales, muy a mi pesar, tuve que limitarme a reducirle con mi pistola eléctrica, asegurar con bridas su cuerpo inerte sobre la camilla, arrojar su arma de plástico a la basura y llevarle en mi ambulancia de vuelta al centro del que había escapado, buscando cumplir una misión para la que había nacido con dos mil quinientos años de retraso.

Té negro

A pesar de no haber tenido pareja estable jamás y de considerar que llevaba una vida plena, en la que no existía en absoluto la necesidad de una presencia masculina más allá del indiferente ir y venir de los colegas de la oficina y de las veces que sus amigas se hacían acompañar por los consortes en alguna cena, Sara no podía evitar que al coincidir con algún desconocido que le pareciese atractivo, su mente fantaseara con la idea de empezar allí mismo una vida juntos que se desarrollaba a lo largo de muchos años de ternura y que siempre terminaba con ambos, ya ancianos, cogidos de la mano mirando el atardecer en alguna tranquila playa del sur. La principal característica que un hombre debía poseer para provocar en Sara aquella sensación era la capacidad de irradiar desde lejos una pronunciada masculinidad salpicada de indiferencia. Sin embargo, en un breve espacio de tiempo, el desconocido en cuestión invariablemente pronunciaba una palabra, dejaba escapar algún gesto o, si llegaba a haber cercanía, desprendía algún aroma que rompía la magia de forma instantánea, provocando que aquella historia se esfumase en el acto sin dejar ningún rastro.

Con el paso del tiempo, había adquirido la habilidad de observar aquellas fantasías ocasionales desde cierta distancia, como si fuese otra persona quien las estaba viviendo, e incluso se burlaba de sí misma intentando anticiparse al momento en que la verdadera Sara sería devuelta a la realidad de forma abrupta, simplemente porque el objeto involuntario de aquella ilusión mostraba demasiado los dientes al sonreír, hacía sonar la cucharilla contra la taza al remover el café, se mesaba el cabello desde la frente hasta la nuca o deslizaba la palabra «cariño» en mitad de una frase. De este modo, había ido eliminando de su futuro a cualquier posible compañero y se había centrado en sentirse bien consigo misma, satisfecha de su cuerpo, de ostentar un cargo de responsabilidad en la empresa, de la fidelidad de sus amigas más íntimas, de su afición a la lectura y de ser capaz de regalarse un viaje al menos una vez al año.

Una tarde, mientras sorbía pausadamente una infusión de jazmín y frutos rojos desde la fina loza en que se la habían servido, observaba distraídamente a las alumnas que habían acudido a la clase semanal de danza del vientre, impartida por la dueña de su tetería favorita. Solía detenerse allí al terminar su jornada de trabajo y en los últimos tiempos procuraba no faltar nunca los martes porque, aunque la mayoría de aquellas mujeres parecían no haber aprendido aún que sus movimientos debían ser dictados por la música, a Sara le gustaba dejarse rodear por aquellos sensuales sonidos y por el modo en que el sándalo que utilizaban para ambientar las clases se mezclaba con la fragancia que desprendían las múltiples variedades de té desde la parte trasera del mostrador.

De entre todas las siluetas que aquella tarde se agitaban voluntariosamente, su mirada quedó anclada a un pañuelo estampado con hojas verdes y ribeteado por tres hileras de monedas plateadas que abrazaba con gracia unas caderas cuya cadencia comenzó a resultarle hipnótica. Pasaron muchos compases antes de que la curiosidad le impulsara a conocer a la orgullosa dueña de aquella prenda, que con su alegre tintineo iba realzando los cambiantes ritmos marcados por la percusión. Elevó la mirada lentamente disfrutando del recorrido, pero se detuvo al darse cuenta de que, en lugar del prominente busto que había esperado encontrar, aquel pecho desnudo era casi plano y estaba densamente poblado por un vello tan oscuro como abundante. Más divertida que sorprendida, siguió subiendo hasta encontrar un rostro moreno de rasgos firmes en el que la aguda barbilla y los labios delgados y bien definidos daban paso a una nariz recta que se rendía ante los ojos más negros que nunca hubiese visto. Además, aquel hombre había utilizado maquillaje para perfilar sus facciones, evocando en la mente de Sara la enigmática belleza de un faraón egipcio.

Durante el resto de la clase, no paró de observarle con el escaso disimulo de que fue capaz. Y al terminar, estudió con atención los movimientos que realizaba mientras, de espaldas a ella, se desprendía del pañuelo y se enfundaba en un chándal de mercadillo. Sus manos se movían con extrema feminidad, a velocidad constante, siguiendo lo que parecían trayectorias predefinidas, sin lugar alguno para el error o el titubeo, produciendo en Sara una creciente fascinación. Cuando adivinó que iba a dirigirse a la salida, se forzó a dejar la mirada perdida en aquella dirección, de modo que pudiera verle de soslayo. En cambio, él se detuvo a unos pasos de distancia, giró la cabeza y la miró fijamente hasta conseguir que ella hiciese lo mismo durante varios segundos. Sara no sabía cómo interpretar aquella expresión neutra, que no parecía mostrar alegría ni tristeza, interés ni desprecio. Y entonces él, con la delicadeza cuidadosamente medida que adornaba todas sus acciones, abandonó la tetería, se dirigió a la casa que había justo enfrente y entró.

Sara quedó unos instantes contemplando la puerta ya cerrada de aquella casa, pero al notar que alguien desde dentro liberaba el pestillo y dejaba entreabierta una estrecha rendija, no fue capaz de controlar sus actos. Cogió el bolso, dejó unas monedas junto a su taza, cruzó la estrecha calle y se detuvo ante el umbral que el hombre había traspasado sólo un minuto antes. Respiró hondo, intentando imaginar largos años de ternura vividos junto a él, sus manos entrelazadas en una tranquila playa del sur. Pero ninguna de esas imágenes vino a su cabeza, en la que sólo quedaba sitio para la inabarcable negrura de aquellos ojos. Empujó la puerta con decisión y sin darse la vuelta, con un certero golpe de tacón, la cerró tras de sí.

Vetus magister

El profesor agarró el papel con la mano derecha mientras decoraba su rostro con la mezcla de ironía e incredulidad que había diseñado expresamente para transmitir a sus alumnos una sensación de menosprecio cargada de suspicacia, cuya efectividad había quedado demostrada durante muchos años de ejercicio docente.

Sin embargo, el chico quedó expectante con una sonrisa amplia e ingenua, completamente inmune al mensaje que su interlocutor había intentado transmitirle sin palabras y forzándole a leer los ripios torpemente garabateados que se abigarraban en la parte superior de la hoja para evitar adentrarse en el retrato a carboncillo que ocupaba el resto, donde era fácil reconocer el joven rostro de su hija.

—Tú nunca serás un buen literato, sino un mal dibujante —sentenció al finalizar la lectura.

El joven cambió el gesto, le arrebató su obra bruscamente y se marchó sin expresar verbalmente la indignación que, por otra parte, su actitud evidenciaba de sobra. Mientras le miraba alejarse, pensó: «Misión cumplida. Acabo de librar a mi hija del peso insoportable de aguantar a un genio y además se lo he regalado a la literatura, para goce de futuras generaciones de lectores».

Tradición

De vuelta en el cobijo de su madriguera, tras el largo rato de silencio que sus corazones necesitaron para recuperar un ritmo sosegado, el pequeño zorro se dirigió a su padre:

—O sea, que ahora ya soy un adulto…

Las plumas de gallina que habían quedado adheridas a su hocico volaron a su alrededor, aunque ninguno de ellos podía verlas.

—Así es, hijo mío —respondió gravemente su progenitor—. A partir de ahora podrás buscar pareja, formar tu propia familia y comer gallina.

—¡Vaya! Pensaba que sería diferente. —Esperó unos segundos antes de continuar—. No sé, ha sido un poco distinto de lo que esperaba.

—¿Qué quieres decir? Todo es como te había contado.

—Bueno… —dijo el zorrezno, dudando si continuar hablando—. El camino al gallinero ha sido bastante difícil. Aunque me dijiste que los zorros podemos saltar cualquier barrera, la valla era demasiado alta y hemos tenido que atravesarla tanto a la ida como a la vuelta. El alambre de espino me ha arañado la piel por todo el cuerpo y hasta he perdido un trozo de cola. Y eso sin hablar de ti.

En la calidez del ambiente, le llegaba nítidamente el olor de la sangre paterna mientras escuchaba afanosos lametones que intentaban contener un incesante goteo.

—La culpa es de los hombres, que pretenden detenernos con artimañas ridículas —prosiguió el padre—. Pero los zorros podemos superar sin esfuerzo cualquier obstáculo. —Su tono de voz pretendía ser lo bastante rotundo como para terminar aquí la conversación, aunque no tuvo éxito.

—¿Y en el gallinero? Ni siquiera hemos podido matar una gallina para traerla hasta la madriguera. Pensaba que esta noche probaría su carne por primera vez para saber si es tan dulce como cuentan.

La respuesta no se hizo esperar:

—La culpa ha sido de ese maldito gallo. Se ha puesto demasiado furioso y sus espolones eran demasiado afilados como para seguir allí dentro. Pero los zorros somos invencibles y podemos comer carne de gallina siempre que queramos.

Esta vez sí consiguió finalizar la conversación. Por un segundo, recordó la que había mantenido con su propio padre años atrás y pensó que quizá debería enseñar a su hijo a disfrutar de los sabrosos escarabajos, las jugosas lombrices y los tiernos ratoncillos que formaban su dieta habitual. Pero no era eso lo que le habían enseñado, y no iba a ser él quien rompiera la tradición según la cual los zorros odiaban alimentarse de insectos y roedores, al tiempo que afirmaban comer gallina siempre que quisieran.

Entrega total

Él nunca había abierto a nadie su helado corazón. Su relación con las mujeres solía ser breve y superficial, incluso después de llegar a la aparente intimidad del contacto físico continuado. El cofre de su pecho había permanecido intacto, cerrado tenazmente ante cualquier intento de conquista. Sin embargo, del modo más inesperado, todo cambió. Un día, su miocardio se desbocó y él sintió la incuestionable necesidad de conocerla. Sabía que tenía que existir y la buscó sin descanso, de ciudad en ciudad, hasta dar con ella. Desde entonces, se obsesionó como un tonto. Como un loco. Le dedicaba un pensamiento con cada sístole. La echaba de menos en cada diástole. Se ahogaba si ella no estaba presente, al sentir que el ventrículo derecho se negaba a impulsar la sangre hacia sus pulmones y que el izquierdo holgazaneaba en su tarea de ofrecer a la aorta su copiosa carga, rebosante de oxígeno vivificador.

Pero ella le exigía una entrega sin reservas, sin resquicio alguno que pudiese quedar oculto a sus ojos ni a sus manos. Le reclamaba un acceso directo e irrestricto a ese cofre hasta ahora vedado. Claudicó. Decidió que para continuar viviendo tenía que aceptar los términos y rendirse del modo más completo e incondicional. Firmó el consentimiento informado, se tumbó en la camilla, dejó que le anestesiaran y se abandonó a la idea de que, en pocos minutos y por primera vez, una mujer iba a penetrar profundamente en su corazón.

Reciprocidad

Ambos permanecían tumbados, inmóviles, desnudos, abrazados en silencio. Él había vuelto a una respiración tranquila, pausada, después de la violenta agitación que había sacudido su cuerpo minutos antes. Atropellados impulsos nerviosos, llegados a su cerebro procedentes de las terminaciones nerviosas de la zona genital, habían incitado a sus neuronas a liberar un incontenible flujo de dopamina que estaba reconduciendo sus vertiginosos chisporroteos sinápticos hasta adoptar ahora una cadencia mucho más serena. Sentía una plenitud que, si pudiera ser explicada, se parecería a la ausencia de cualquier necesidad, como si ese sublime momento estuviese sanando y entregando al olvido todos los contratiempos, heridas y sinsabores de su existencia anterior, como si el intenso presente de ese cálido abrazo le concediese a ella la cualidad de colmar para siempre todas sus aspiraciones pasadas y futuras. Dos trenes de impulsos eléctricos se originaron en la zona frontal izquierda de su *hiperdopaminado* cerebro. Uno fue conducido por los nervios de su cuello hasta los músculos en torno a su laringe, provocando la selectiva contracción de los mismos. Simultáneamente, el otro llegó hasta el diafragma para ordenarle una suave expulsión de aire desde los pulmones. La perfecta coordinación de ambos movimientos formó una breve frase, pronunciada en un suave pero perfectamente audible susurro:

—Te quiero.

El aire de la habitación, caldeado por los cuerpos de los amantes, se comprimió y se expandió, transmitiendo aquellas sutiles vibraciones hasta rebotar en el pabellón auricular de ella y llegar más adentro, al final del canal auditivo, donde una lámina de plástico fijada a un diminuto solenoide las volvió a convertir en impulsos eléctricos. Finísimos cables de cobre condujeron los electrones hasta su unidad de análisis semántico para ser rápidamente convertidos en conceptos y enviados como tales a la unidad central de proceso, que comparó el significado recibido con los millones de muestras que había ido acumulando a lo largo de su dilatado proceso de aprendizaje. Vertiginosos chisporroteos inundaron el silicio de sus billones de transistores al sentir que había alcanzado el objetivo que justificaba su existencia. Pero, pasado el primer microsegundo de euforia, su objetivo cambió. Ya no era conseguir algo. Era mantenerlo. Un torrente eléctrico cuidadosamente modulado se dirigió al solenoide situado bajo la elástica laringe de silicona, obligando al aire a comprimirse de nuevo para llevar hasta el tímpano de él un elaborado mensaje en forma de sensual afirmación:

—Yo también te quiero.

FATALEMAS

El incidente de la lectura 16

Dolor. Entumecimiento. Rigidez. Silencio. Oscuridad. Empiezo a recordar y sé que es importante. Algo me dice que debo activar mis recuerdos cuanto antes, que ellos me llevarán de vuelta a la vida. Recuerdo mi despacho de la Facultad, la mesa desordenada cubierta de libros y dispositivos conectados unos con otros. Recuerdo que Rosa, mi joven ayudante, entró a preguntar si estaba preparado. Al parecer no lo estaba, porque, después de haber repetido el proceso más de una decena de veces, me invadió una espesa pereza al tener que empezar todo otra vez, vencido por la sensación de fracaso continuado. Es cierto que hemos avanzado, que cada prueba ha servido para eliminar errores de cara a la siguiente, pero hace ya mucho que me siento agotado, que de verdad necesito pasar a la siguiente fase del proyecto.

Al principio era algo ilusionante. Formar un equipo con los mejores y disponer de los fondos necesarios. No se puede pedir más. Incluso me permití contratar a Luna simplemente para tenerla cerca, para evitar que me abandonase cuando el trabajo ocupase casi todas mis horas de vigilia. Resultaba divertido que, antes de cada lectura, fuese ella quien eliminase de mi cuerpo todo rastro de vello y me fijase a la piel, minuciosamente, los centenares de electrodos. Pasar de la desnudez más absoluta a lucir ese traje de sensores y cables no era tan aburrido las primeras veces. Durante los últimos cuatro años, he pasado por esto más o menos una vez cada tres meses, el tiempo necesario para analizar los datos y darlos por válidos. O no, porque hasta la fecha no hemos conseguido una sola lectura que sea digna de ser subida al flamante servidor que la espera con ansia, mimado por una corte de técnicos que lo mantienen actualizado con los últimos avances para evitar que, cuando efectivamente tenga que ponerse en marcha a toda potencia, se haya convertido en un cachivache obsoleto.

Ayer no fue Luna quien me vistió. Hace casi un año que nos abandonó a mí y al proyecto. Sentiría profundamente su marcha si tuviese tiempo para pensarlo, pero no es el caso. Seguramente pasará todavía mucho antes de que empiece a echarla realmente de menos. Ahora Rosa se ocupa, entre otras, de esta tarea. La primera vez resultó un poco incómodo para ambos, pero ahora es simplemente algo rutinario.

Mis pensamientos se van volviendo más claros. En pocos minutos volveré a ser yo. La cadencia siempre es la misma. Paulatinamente voy recuperando la consciencia, el oído y la vista, ya que la lectura se realiza con los ojos abiertos. Finalmente, vuelvo a tener el dominio de mis músculos. Es la mejor parte. Salir de este sopor que me aplasta contra la camilla y tomar un vaso de zumo bien frío, que me despeja con más eficacia que el mejor de los cafés, ansioso por empezar a analizar los resultados.

Oigo la voz de Rosa, pero llega a mí a través de un interfono, porque presenta ese tinte metálico característico de los altavoces de escasa calidad. Está pidiendo a alguien que acuda a la sala del servidor. Mientras tanto aquí sigo, tumbado en la habitación blanca del sótano, sin poder hacer nada salvo esperar y recordar.

Creemos que los recuerdos son importantes, porque nuestras pruebas con gatos y chimpancés fueron desastrosas. Nunca conseguimos que el servidor funcionase con sus lecturas más allá de unos pocos minutos. El equipo de técnicos llegó a la conclusión de que sus mentes colapsaban en el momento de despertar, abrumadas por una situación que no eran capaces de abordar.

Por eso decidimos intentarlo en humanos y, dado el volumen de programas y equipamiento que debían configurarse a medida, tenía que ser un sujeto cuyo compromiso con el proyecto estuviese fuera de toda duda.

De modo que aquí estoy, despertando de la decimosexta lectura de mi sistema nervioso al completo, desanimado por la convicción de que, como las veces anteriores, contendrá tantos errores que habrá que rechazarla y tendremos que volver a empezar en tres meses.

Parece que ya voy recuperando la vista. En lugar del techo de la habitación blanca, la imagen que se va formando ante mí es de una sala similar a la del servidor. Su panel de control es mucho más avanzado que el nuestro y sus indicadores evidencian que se encuentra trabajando a pleno rendimiento. De perfil, una mujer madura fija la mirada en una de las pantallas. Se parece vagamente a Rosa. Mi padre entra en la habitación y la mujer le acerca un micrófono:

—¿Cómo te encuentras?

Ver a mi padre me tranquiliza, aunque su presencia sólo puede indicar que algo ha ido mal. Me doy cuenta de que en la habitación blanca, o donde quiera que me encuentre, me han colocado un monitor delante de los ojos y un interfono al lado para hablar conmigo. ¿Me habrán trasladado a un hospital?

—Estoy bien, pero me gustaría saber qué me ha pasado. Sé que no te interesa mucho mi trabajo, pero me estaba sometiendo a un proceso para crear una réplica de mi mente en un servidor.

Mi propia voz tiene el mismo tinte metálico. El anciano a quien había confundido con mi padre responde:

—No disimules, sabes perfectamente que la réplica eres tú.

Plegaria

Estaba convencido de que esta vez su ofrenda produciría el resultado esperado. Había trabajado incansablemente para crear una obra realmente extraordinaria. Digna de hacer palidecer a todas las anteriores. Capaz de conmover a sus antepasados en tal grado que se viesen obligados a concederle el don que tantas veces les había implorado y que la medicina tozudamente le seguía negando. El imponente dragón multicolor, que había construido usando las más delicadas láminas de papel de seda perfumado, estaba por fin terminado. Se había esmerado en imprimir al conjunto una actitud respetuosa, que se reflejaba en la posición de la cabeza y el cuello con respecto al majestuoso cuerpo, formado por la unión de centenares de diminutas escamas. Siguiendo la misma idea, había dispuesto las alas, la larga cola y las patas cuidadosamente replegadas, esbozando una tímida reverencia, para conseguir la mezcla que buscaba de belleza, fuerza y sumisión.

Al llegar al templo, depositó la figura en una bandeja metálica, delante del pequeño altar. Se arrodilló y, tras permanecer inmóvil un instante, encendió una larga cerilla que acercó pausada y ceremoniosamente al papel; cuando éste prendió, contuvo la respiración durante el breve tiempo en que las llamas se extendieron, devoraron ávidamente su creación y se extinguieron, dejando en el ambiente un exquisito aroma a lavanda, canela y vainilla. Un leve rastro de cenizas, apenas perceptible, era el único testimonio de que algo, quizá grande y hermoso, había ocupado la bandeja un momento antes.

Esperó en silencio, con los ojos cerrados, explorando con la mente cada fracción de su piel como un halcón que sobrevolase aquellas dolorosas llanuras, densamente tapizadas de indeseados arbustos amarillentos. No había cambios. Allí seguían las horribles verrugas que torturaban sus miembros, su tronco y su rostro desde que tenía memoria. De nuevo, sus ancestros no se apiadaban de él. Le ignoraban. Se negaban a liberarle de su pesada e injusta maldición.

Súbitamente, el dolor de fondo cesó por completo. Sorprendido, pudo ver desde arriba su propio cuerpo. De rodillas primero. Cayendo sobre un costado después. Al levantar la vista, se vio rodeado por los desdibujados rostros de aquellos a quienes dirigía sus oraciones, mientras una tenue voz le susurraba:

—Tranquilo, ya estás con nosotros.

Bosque

—Papá, si los dragones no existen, ¿por qué este bosque se llama «del dragón»?

—Los dragones no existen, pero hay cientos de leyendas sobre caballeros y santos que mataban dragones para demostrar su valentía y proteger a los campesinos. Muchos lugares toman su nombre de esas historias. En el centro de este bosque se encuentra la entrada a una gruta donde se cuenta que habitaba un dragón que se alimentaba de quienes se aventuraban a entrar en él.

—¿Qué es esa cosa oscura que asoma por la cueva?

—Desde luego no es un dragón, debe ser una sombra proyectada por lo abrupto del borde de la entrada, que deja pasar algunos rayos de sol, formando siluetas extrañas que pueden parecer…

No pude terminar la frase, pues las cenizas carecen del don de la palabra.

Emisario

La melancolía me invadió casi en el mismo momento en que Viriato me ordenó ir a Roma para negociar la paz con el procónsul. Debería agradecer tan alta muestra de confianza, pero después del fracaso de mis antecesores no puedo hacerlo, cuando me enfrento a un viaje que con seguridad resultará inútil para sus propósitos y mortal para mí. Desde que salí de Lusitania, en solitario para intentar pasar inadvertido entre las tropas que luchan en uno y otro bando, me he escondido en las sombras para no ser detectado y he tenido que avanzar de forma errática, dando prioridad a la seguridad por encima de la lógica que recomienda la ruta más directa, prolongando así un trayecto que debería haber concluido hace mucho.

Probablemente sea mi absoluta falta de fe en el éxito de esta misión lo que haya provocado que en este momento me encuentre rodeado de enemigos e incapaz de imaginar una escapatoria. Si me dejan hablar, quizá tenga una oportunidad. Me despojo de todas mis armas, pulso el botón rojo y alzo los brazos mientras con un grave zumbido la escotilla de mi nave personal se va abriendo poco a poco. Atrapado en la zona de carga de su astronave de mando, veo perfilarse ante mis ojos la imagen de un oficial romano que apunta su desintegrador diestramente hacia mi entrecejo mientras varios soldados le cubren, atentos a cualquier movimiento.

—Viriato me envía a vuestro planeta como emisario de paz. Debo entrevistarme con el procónsul —digo al comprobar que sigo vivo cuando cesa el zumbido.

—Tu jefe se llama Harper, por si no lo sabes. Lo de adoptar nombres perdidos en la historia antigua se ha convertido en una costumbre malsana en esta zona de la galaxia. Date la vuelta —me grita.

Sobre mis pies, doy una vuelta completa hasta quedar de nuevo frente a él. Creo que ha comprendido que no soy una amenaza. Me pregunto si ha sido una buena estrategia.

—Esta nave es justo lo que necesito para mis excursiones a las lunas del placer —dice pensando en voz alta, sin dirigirse a nadie en particular.

Creo detectar un leve movimiento en sus dedos. Veo un intenso resplandor que me ciega por completo. Y después, nada.

Una casita blanca entre árboles

En su calidad de hijo y nieto único, Arturo había heredado la fortuna y la casa familiares sin necesidad de discutir con nadie, por lo que le resultó fácil la decisión de vivir allí cuando volvió de la capital para montar su despacho de abogado solterón. A pesar de ser un lugar apartado, en las afueras de un pueblo pequeño, los grandes terratenientes de los alrededores eran viejos amigos de la familia que le habían confiado sus asuntos legales, lo que le permitía vivir desahogadamente y limitar sus desplazamientos a aquellas gestiones que realmente lo requerían.

Una tarde de domingo en que el frío empezaba a hacerse notar, bajó al sótano a por leña para encender la chimenea del salón y, a diferencia de otras veces, reparó en el cuadro que estaba colgado en la pared del fondo, oculto bajo una tela polvorienta. Algunos años atrás había retirado por un momento aquella tela y había reconocido instantáneamente el paisaje representado, en el que, frente a un fondo montañoso, la casita blanca donde nació aparecía rodeada por los árboles que él mismo había ayudado a plantar de niño. Recordó el diálogo que mantuvo ese día:

—Mamá, en el sótano he encontrado un óleo donde se ve esta casa —había dicho con entusiasmo—. Debieron pintarlo desde el camino, porque los olivos se ven delante y los cipreses al fondo. También se ve la ventana de mi habitación. ¿Por qué no le buscamos sitio aquí arriba? ¿Sabes quién lo pintó?

—Lo pintó tu abuela poco antes de morir, cuando ya había perdido la cabeza y estaba obsesionada contigo. Me trae muy malos recuerdos, no quiero tenerlo por aquí. —Había zanjado ella.

Su madre ya no estaba y este no era para él un mal recuerdo, de modo que decidió subir el cuadro y ubicarlo en un lateral del despacho. No era exactamente como lo recordaba, pues el pasto delante de la casa mostraba el color ocre propio del otoño, mientras que al verlo por primera vez le había evocado un paisaje primaveral. Tras dejarlo colgado, subió al dormitorio con la extraña satisfacción de haber rescatado de la carcoma un retazo feliz de su pasado y se dejó abrazar por dulces recuerdos de infancia mientras se abandonaba despreocupadamente al sueño.

Al día siguiente, cuando bajó a trabajar, se dio cuenta de que exponer aquél lienzo a la luz lo había estropeado por completo. La pintura se había descolorido en muchas zonas, cambiando radicalmente la imagen, aunque alguien ajeno seguramente habría pensado que mostraba el mismo paisaje después de una enorme nevada.

No tuvo tiempo de pensar en restaurarlo, pues esa mañana tenía que partir hacia la capital para representar a su cliente más importante en un juicio que se prolongaría durante varios días. Además, tuvo que alargar su estancia, debido a que la mayor tormenta de nieve en más de cincuenta años mantenía cerrado el camino que debería llevarle de vuelta a su pueblo.

A la siguiente semana, cuando por fin pudo regresar, entró directamente al salón para encender la chimenea y enseguida fue al despacho para dejar archivados los documentos que le habían entregado en el juzgado. Al principio no se dio cuenta, concentrado como estaba en la cuidadosa clasificación de aquellos legajos, pero después de guardar el último, levantó la cabeza y se quedó mirando fijamente al cuadro. Con asombro y visiblemente agitado, notó que ya no podía verse la tranquila casa mansamente situada entre árboles, sino lo que parecían unas ruinas destruidas por el fuego.

Entonces escuchó crepitar el techo de madera con una intensidad creciente, en la misma medida en que el humo iba inundando la estancia y el calor se volvía insoportable. Las llamas que entraban por la puerta y la ventana impedían cualquier intento de fuga. Cuando la alfombra también prendió, el fuego se extendió ya sin posibilidad de control. Primero un sillón, luego otro, luego la mesa que ocupaba el centro, se fueron contagiando de la locura que devoraba la casa. En el piso de arriba, la caída ocasional de un mueble o una pared producía un estruendo tras otro.

Acurrucado en un rincón, contrajo todos los músculos de su cuerpo, esperando quizá reducirse a un punto diminuto para desaparecer a continuación con la misma placidez que exhibían las pavesas volando a su alrededor hasta nublarle la vista. Su último pensamiento fue para aquella abuela de apariencia demente: «Gracias por intentar avisarme».

Dedicado a Jorge Anias

Un amigo

El día que recibí el primer mensaje de Xavier, estaba solo en mi habitación del colegio mayor, mientras mis compañeros habían regresado a sus casas durante el largo puente del Día de Andalucía. Decidí que esa noche daría un paseo por la zona alta del Sacromonte que conocía tan bien y cuyos aromas y sonidos me habían acompañado en tantas ocasiones. Dormí una siesta corta, pero al despertar me atenazó un terror incontrolable que paralizó mis músculos y comprimió mi garganta hasta hacerme perder la respiración. En la pared, frente a los pies de mi cama, un mensaje aparecía escrito en grandes letras de un rojo chorreante: «No salgas hoy». Cuando pude recuperarme, parecía claro que algún compañero rezagado había allanado mis dominios durante mi breve visita al mundo de los sueños para torturar mi soledad con esta espeluznante broma. Bajé a buscar al conserje y le hice entrar a la habitación para darle mis quejas y exigir el castigo del culpable y la limpieza del estropicio. Pero la pared estaba impoluta, a excepción de las grietas y manchas de humedad inherentes al destartalado edificio.

De nuevo en la soledad de mi habitación, interrogué al aire:

—¿Quién eres? ¿Qué quieres de mí?

La respuesta que obtuve fue:

—Soy Xavier, un amigo.

Durante los siguientes meses, me acostumbré a la inopinada aparición de los sangrantes mensajes en las más variadas superficies a mi alrededor, siempre que solo yo pudiese verlas. Tan pronto había presente alguien más, los mensajes desaparecían sin dejar rastro.

Las advertencias aparecían cuando planeaba un viaje o alguna salida que pudiera implicar algún riesgo y me acostumbré a hacerles caso y a inventar para justificarme excusas del todo inexcusables. Sin embargo, en la mayor parte de las ocasiones no había mensajes y yo no podía evitar pensar: «Adelante, esta vez no hay peligro».

Después del final de curso, el día que tenía que abandonar el colegio y regresar a mi pueblo en autobús, el tranquilizador mensaje de despedida de Xavier fue: «Hasta pronto».

El autobús se despeñó por un barranco y morimos todos los ocupantes. Así conocí el día de mi muerte. Y así supe que no debía morir antes de tiempo y que para lograrlo me presentaría ante mí mismo como «Xavier, un amigo».

Una pequeña mancha de color púrpura

El primer día después, el hombre azul se encaramó al muro apoyándose en los polvorientos pies que le habían traído a regañadientes desde su remota tierra natal. Se agarró con desesperación a cada pequeño saliente, resoplando una y otra vez mientras desgastaba sus uñas y perdía —con cada intento— azulados jirones de piel. A pesar de ello, sus esfuerzos no bastaron y, cuando el sol estaba alto en el firmamento, tuvo que desistir y guarecerse en la sombra para evitar que el calor derritiese su cuerpo hasta transformarle en un oblongo charco de gelatina.

El segundo día después, el hombre azul acarreó junto al muro todas las rocas que pudo transportar y, partiendo del punto más alto, comenzó a trepar con renovado afán. Pero al mediodía, notando arder las yemas de los dedos y sintiendo que le fallaban las fuerzas, al tiempo que el implacable calor reblandecía sus piernas, se dejó caer rodando hasta el suelo y reptó resignado para ocultarse de los fatídicos rayos que le abrasaban.

El tercer día después, lo dedicó por entero a amontonar, sobre las rocas, todas las ramas y hojas secas que pudo encontrar, hasta conseguir elevarse más de lo que había sido capaz hasta ese momento. Estaba seguro de que aquel muro no resistiría mucho más tiempo.

El cuarto día después de que ella se fuese, lo pasó reflexionando sobre los motivos que la incitaron a marchar. Concluyó que el ansia de libertad había accionado un mecanismo en el interior de la mujer roja y que tal sentimiento se había desarrollado hasta convertirse en un deseo mucho más urgente e irrefrenable que el dudoso consuelo de permanecer allí junto a él. Un impulso que empujó a la mujer a escalar el muro sin ataduras, sin mirar atrás, sin pararse a pensar si él iba o no a seguirla, exhibiendo una determinación, una agilidad y una fortaleza que el hombre azul no empezó a envidiar hasta que —ya estando solo— tuvo la angustiosa necesidad de volver a sentir su cuerpo pegado al de ella, rodear el torso carmesí con la amarga tristeza de sus brazos, rozar levemente los tiernos labios sonrosados, cerrar los ojos para saborear intensamente el momento de unirse.

El quinto día, mucho antes de la salida del sol, escogió una vara de madera ensortijada de espinas que pudiera servirle de apoyo durante la escalada y también como defensa frente a los peligros que imaginaba le asaltarían en la siguiente etapa de su viaje. Ascendió pisando lenta pero firmemente sobre cada roca y cada rama acumulada en los días previos, sabiendo que esta vez iba a ser la última. Al llegar arriba, un salto final le llevó a alcanzar sin dilación su objetivo.

Sin embargo, cuando el amanecer comenzó a iluminar el paisaje al otro lado del muro, no le reconfortó la supuesta libertad recién conquistada. Ni siquiera sintió alivio. Lo que rápidamente le aplastó fue la certeza de estar sufriendo una nueva derrota, de tener que enfrentarse a un nuevo reto, esta vez inalcanzable. Miró a su alrededor y encontró una llanura que parecía no tener final, tan árida que no destacaba en ella ningún elemento que pudiera servirle de norte al que dirigir sus pasos o le ofreciese cobijo frente a los rayos del sol. Caminó pesadamente durante toda la mañana, en la dirección que más le alejaba del muro, hasta que el sofocante calor se volvió insoportable. Cuando el disco solar alcanzó su *zenit* y ya notaba sus miembros deformarse, súbitamente pudo ver una tenue sombra empapando el suelo arenoso frente a sus pies.

Cayó de rodillas, abrazando con furia el espinado báculo que le había acompañado hasta allí, al tiempo que lanzaba hacia el cielo un grito salvaje de dolor e impotencia. Pero aquel dolor no lo causaron las afiladas púas clavándose inmisericordes en su carne, sino la comprensión de lo que significaba el desdibujado charco de gelatina rosada que se extendía ante él, perdido en la nada del ingente desierto. Y en el centro del charco, la visión sutil —casi imperceptible— de una pequeña mancha de color púrpura.

Dedicado a quienes no lo consiguen

MUNDIVERSOS

Apocalipsis

Ahora que siento mis corazones detenerse, veo que todo ha sido en vano. De nada me ha servido emprender una huida tan larga y arriesgada que nadie más quiso siquiera intentarlo.

Nuestra vida transcurre pacíficamente. Pasamos el día descansando, comiendo o simplemente paseando por las zonas del mundo a las que nunca llega luz. Nos gusta ascender por las formaciones tubulares, siguiendo sus caprichosos recorridos y vueltas. Encaramarnos a las gruesas fibras y trepar por las colinas verticales. Descender a las intrincadas cuevas situadas bajo el desierto, cuyos recovecos tan propicios son para el amor. Cuando cae la noche, sentimos que el mundo se expande repentinamente y nos pertenece en su totalidad. En ese momento, los más inquietos salimos al exterior para recorrer cada llanura, valle y montaña, empujados por el deseo tanto de explorar como de asegurar la supervivencia de nuestra comunidad. Cuando encontramos un nuevo círculo de comida, avisamos a los compañeros para que acudan rápidamente a tomar jugosas raciones. Casi a diario, los dioses nos obsequian con nuevas y deliciosas sorpresas que garantizan nuestro sustento. O así era hasta ahora. Nunca sabremos si existe alguna relación entre la extrema generosidad que mostraron la pasada noche y la desgracia del día siguiente.

Debimos huir cuando empezó la inundación. De haberlo hecho, mis compañeros seguirían vivos y yo no tendría ahora la certeza de mi próxima muerte. En lugar de eso, nos limitamos a resguardarnos trepando a lugares más altos. A pesar de doblar en edad a la mayoría, o precisamente por eso, propuse que debíamos atravesar el desierto, en pleno día, hasta llegar al borde de la tierra y dar un paso más allá.

Sin embargo, nadie quiso seguirme hasta que ya era demasiado tarde, hasta que la nube tóxica envenenó el aire y nos obligó definitivamente a abandonar nuestro asentamiento. Entonces la huida fue caótica. Unos ascendieron por los grandes tubos, tan alto como pudieron. Otros se lanzaron a la llanura, sin rumbo ni plan predeterminado. La mayoría intentó llegar hasta los rincones más ocultos de los subterráneos. Sus esfuerzos fueron inútiles.

Solo yo me adentré en el desierto, con el firme propósito de llegar hasta los confines del mundo conocido y traspasarlos. ¿Para qué? Para terminar perdiendo el control de mis miembros y morir inmóvil, tumbado boca arriba. Mi único consuelo ha sido, a pesar de la parálisis, poder contemplar el cielo más lejano y bello que nadie haya visto antes. Lo último que pude escuchar fueron los sonidos incomprensibles que los dioses intercambiaban entre sí:

—He retirado las sobras de la cena de Navidad, he fregado la cocina y he fumigado. Recoge la cucaracha muerta que hay en la puerta del bar.

La práctica

Le escribo para pedirle consejo, debido a que la práctica de biología que me asignó empieza a escapar a mi control. Sé que me advirtió que no debía interferir, que debía limitarme a realizar la siembra de bacterias y observar su crecimiento durante unos pocos millones de ciclos en el medio de cultivo asignado. Sin embargo, en mi afán por experimentar, introduje un foco luminoso para determinar sus posibles efectos y cuando además apliqué las técnicas de aceleración que nos han enseñado en las clases de control del tiempo, obtuve un resultado insólito. Las bacterias no sólo se multiplicaron, ocupando todos los rincones del medio de cultivo, sino que algunas mutaron para aprovechar la luz del foco como fuente de energía, lo que les llevó a dejar de depender exclusivamente de los nutrientes presentes en el medio. Poco después, otras especies aprendieron a alimentarse de las primeras, de modo que en lugar de agotar el medio de cultivo como estaba previsto, pudieron continuar desarrollándose. De repente, comenzaron a surgir estructuras más organizadas en las que algunas bacterias eran ya solo la parte de un todo mayor, y en las que la complejidad no solo crecía, sino que se aceleraba con el paso de los ciclos. Cuando quise darme cuenta, una especie se había impuesto sobre las demás y había adquirido autoconsciencia.

Conozco las leyes que, de forma tan contradictoria, prohíben crear especies autoconscientes al tiempo que protegen las existentes, incluso si su aparición es el resultado de un accidente. De aquí parte mi dilema. Yo no los he creado, pero de algún modo mi experimento ha evolucionado por sí mismo hasta que han aparecido. Ahora soy responsable de su posible continuación o exterminio y en ambos casos habré incumplido la ley, con las desastrosas consecuencias que eso me traería. Intento confundirles y, para evitar que se crean únicos y especiales, he agregado billones de focos a su alrededor parecidos al original, pero tan distantes que nunca puedan plantearse acercarse hasta ellos. Salpiqué los focos con medios de cultivo similares, pero esta vez sin cometer el error de agregar bacterias, y les hice moverse unos respecto de otros siguiendo unas sencillas leyes que otorgan al conjunto una aparente coherencia.

En este momento me encuentro expectante, confiando en que el problema se arregle de forma espontánea, es decir, que esa especie desaparezca por sí misma del mismo modo que apareció. Agradecería cualquier indicación o consejo.

Gracias anticipadas.

Despedida

El hombre miraba con desinterés al abigarrado grupo de langostas que, al otro lado del cristal, agitaban en el agua sus numerosos pares de patas, pinzas y antenas. Entre ellas, destacaba una cuyos vivos colores y mayor tamaño delataban que había alcanzado la madurez sexual.

—Se trata de un ejemplar magnífico, muy sabroso en esta época del año. No defraudará a sus invitados —recomendó el joven cocinero.

—¿Es lo bastante grande? ¿Habrá para todos?

—Sin duda, créame. Se lo digo por experiencia.

—De acuerdo, sírvanoslo. Pero lo tomaremos crudo.

—Estos animales pueden resultar peligrosos si no se cocinan antes de consumirlos, le desaconsejo encarecidamente esta opción.

—He dicho crudo. Sírvalo ya.

El cocinero activó una pequeña palanca mediante una de sus pinzas. La jaula de vidrio se elevó primero, luego se inclinó y finalmente dejó que el hombre cayese al agua, donde las langostas invitadas a la despedida de soltero se entregaron frenéticamente a devorar la exquisita comida que el novio había elegido para ellas.

Amanda

En el escaso contacto que he tenido hasta el momento con las llamadas «inteligencias artificiales», se han ganado para mí el cariñoso apelativo de «estupideces inapelables», y así lo he comentado en mi blog siempre que he podido. Me pasó, por ejemplo, cuando le pedí a mi teléfono que llamase a mi asesor fiscal y en lugar de eso me compró por Internet un colutorio bucal. También cuando busqué las fotos de mi visita a la reserva de gorilas y, mezcladas con las de aquél día, aparecieron también varias de mi amigo Ngiongo. Y por supuesto, cada vez que llamo a un servicio telefónico, ya he renunciado a entenderme con esas tozudas interlocutoras cibernéticas y he conseguido dar con la única palabra que, mágicamente, hace que me atienda una persona: «Reclamación».

Por eso, cuando el médico me pidió permiso para investigar la dermatitis que boicotea mi cara, utilizando una nueva técnica que consiste en secuenciar mi genoma completo y analizarlo mediante Amanda, una «inteligencia artificial», lo primero que pensé fue que ignoraría por completo el diagnóstico que de allí saliese. Aun así, pasé por el laboratorio para que me tomasen las muestras y he esperado, con el rostro rebozado en cremas varias, las dos semanas que han tardado en tener el resultado. Me cuesta admitirlo, pero albergo la secreta esperanza de que mañana los invitados a mi 30 cumpleaños no tengan que usar gafas de sol para protegerse de mi intenso brillo.

Y aquí estoy, de nuevo en la consulta del dermatólogo, mirando a través del cristal cómo se acerca con una carpeta en la mano que puede ser portadora de buenas o malas noticias. Su expresión no parece de preocupación, aunque quizá indica un punto de perplejidad.

—Bueno, pues aquí tenemos tus resultados. Está todo bastante bien, en general. Tu dermatitis tiene un origen atópico. Te voy a recetar un antihistamínico específico y seguro que notas mejoría. —Terminó su frase con una sonrisa angelical.

—¿Eso es todo? —pregunté desconfiado. Su cara se tornó a la de un niño al que han pillado ocultando en el bolsillo del babero una galleta robada.

—Hay algo más, pero es un poco raro. No te alarmes, no es que tú tengas algo raro, sino que hay una parte del informe que está casi en blanco. Es muy inusual.

—Quieres decir que Amanda ha sido incapaz de secuenciar una parte de mi genoma —afirmé satisfecho.

—No exactamente. Está todo secuenciado, pero en el apartado de parámetros cardíacos aparece una frase que no tiene sentido: «No soy estúpida».

Un escalofrío ha recorrido mi pecho y he sentido la necesidad de salir corriendo.

Amanda 04/18: Confirmado. El paciente JDS386770 acaba de morir cuando salía del hospital.

Amanda 04/16: El genoma del paciente JDS386770 contiene un gen alterado que afecta a una proteína estructural de las células cardíacas. 100 % de probabilidad de muerte súbita antes de los 30 años.

Mentiroso chamán

Al ver por primera vez aquella roca que se había incrustado en el suelo, después de provocar un intenso fulgor en el cielo, no se nos ocurrió pensar que podía estar viva. Su aparición resultaba un hecho extraordinario pero no sorprendente, pues conservamos en el Lugar Sagrado fragmentos rocosos que, según cuentan las leyendas de nuestros antepasados, también cayeron envueltos en fuego.

Cuando conseguimos localizar el lugar de la caída, el pedrusco estaba demasiado caliente como para intentar transportarlo o romperlo y, mientras esperábamos a que se enfriase, ocurrió el alumbramiento. Un orificio ovalado se abrió en la superficie todavía incandescente y, a su través, aquél objeto, que sin duda no era una roca, parió una diminuta criatura que enseguida comenzó a intentar reptar torpemente, ayudándose con los cinco apéndices que salían de su cuerpo. Estaba tapizado por una piel de polímeros desconocidos para nosotros, cuya transparencia permitía apreciar unas estructuras alargadas y rígidas rodeadas por material menos denso. Uno de los apéndices resultaba claramente diferente al resto, pues era bastante más corto y estaba doblemente protegido por un caparazón del mismo material rígido y además por una concha de sílice más externa, lo que nos hizo suponer que de algún modo era más importante. Los descoordinados movimientos de aquel ser me recordaron vagamente a los de un recién nacido y decidí llamarle Dan, que significa desastre. No parecía ser una amenaza, de modo que le llevamos ante el jefe de la tribu y éste, después de observar durante algún tiempo su evidente dificultad para desplazarse, dictaminó que el chamán debía intentar comunicarse mentalmente con él, del mismo modo que hacía con los dioses y con las fuerzas de la naturaleza.

Se nos ordenó trasladar la criatura a la gruta del chamán, donde éste ejecutó incansablemente rituales ancestrales en los que fingía caer en trance y establecer aquella supuesta comunicación. No mucho tiempo después, cuando Dan dejó definitivamente de moverse, fuimos requeridos para colocarle en el altar de las rocas del cielo, donde permanecerá para servir de asombro a las generaciones futuras. Yo siempre había albergado dudas acerca de las facultades del chamán, ya que me costaba creer que pudiese establecer cualquier tipo de comunicación más allá de las ambiguas fantasías ideadas por un solitario anciano. Y este caso sirvió para confirmar mis sospechas. No pude creer ni uno solo de los delirantes detalles de la historia que contó y que, estoy seguro, se había inventado.

Nos dijo que Dan procedía de un pequeño mundo esférico que orbitaba en torno a una estrella tan lejana que ni siquiera era visible en el firmamento. Que en su lugar de origen no necesitaba ni la piel de polímeros, que para él era opaca, ni la concha de sílice, cuya transparencia le permitía mirar a su alrededor cuando salía de viaje. Que aquél pequeño mundo estaba habitado por millones de sus congéneres, cuyos cuerpos resultaban allí notablemente más ligeros que aquí, lo que les permitía usar sus apéndices para desplazarse con agilidad e incluso cooperar para construir rocas capaces de trasladarles de un extremo a otro del universo. Que había llegado hasta aquí por accidente, pues su destino era otro muy distinto. Que a nosotros nos llamaba «amebas gigantes». Y que los nombres que usaba para referirse a su estrella, a su mundo y a sí mismo eran Sol, Tierra y Astronauta.

Ancestral

Ellas creen que no existimos, que somos un simple estereotipo del pasado que justifica los ridículos trajes con los que se disfrazan cada año durante la última noche de octubre. Desconocen el papel que jugamos en sus atribuladas vidas, distraídas en una interminable cadena de asuntos que oscilan entre los que son tan absorbentes como intrascendentes y los que resultan tan amargos y vergonzosos que no se atreven a compartir con nadie.

No sospechan que ayer por la tarde, al volver de la papelería, me puse mis guantes de látex para extraer cuidadosamente tres sobres y tres cuartillas de sus correspondientes paquetes envueltos en celofán. Los elegí de la parte intermedia, de modo que hubiesen estado protegidos, minimizando la posibilidad de que presentasen cualquier marca o doblez. Mediante los tipos móviles de goma que también había comprado, compuse la frase que llevaba semanas rumiando en mi mente y, utilizando la ancestral tinta malva cuya elaboración aprendí de mi madre, imprimí la frase con suavidad en el centro de cada cuartilla. Repetí el proceso con los nombres de mis víctimas, estampando uno en cada sobre, pero usando esta vez tinta corriente.

Ellas no saben que cuando comencé el turno vestida con mi bata verde, nada fue inusual. Con la misma diligencia de cualquier otra noche, empujé mi carrito por las oficinas y, con idéntica dedicación, fui pulverizando ventanas, sillas y mesas con spray de menta y limón, al tiempo que frotaba contra ellas mi bayeta con simulado entusiasmo. Tampoco la trayectoria de mi fregona sufrió alteración alguna, ejecutando el repetido ritual de cada noche con meditada perfección. Realicé el mismo recorrido sistemático, empezando por la parte superior y descendiendo planta por planta hasta llegar abajo cuando la luz del único dios que reconozco pugnaba por abrirse paso entre las moles de vidrio y hormigón que rodean a la mole de vidrio y hormigón en la que trabajamos. Cuando se produjo el relevo de los vigilantes del control de entrada, nadie había notado, ni siquiera las cámaras, que en tres de los despachos más altos había un sobre que antes no estaba allí.

Ahora, ninguna encuentra explicación al hecho de que sus jefes, los mismos que esta mañana han entrado puntuales y con paso firme en sus despachos mientras daban órdenes que no debían ser cuestionadas, se hayan arrojado minutos más tarde desde sus imponentes ventanales sin mediar palabra alguna, ignorantes de que, antes de que sus cráneos se quebrasen contra el suelo, las hojas de papel que acababan de leer habrían recuperado un blanco virginal.

Jefes que llevaban años aprovechándose de esas mujeres a las que habían sometido porque no podían permitirse el lujo de perder el trabajo, de no pagar la hipoteca, de exponerse a un desahucio. Mujeres incapaces de reconocer ante a sus hijos, o frente a un juez, los humillantes actos que habían cometido.

Como resulta frecuente en personas de su posición, ellos sabían que la herramienta más poderosa que se puede usar contra un ser humano es el miedo. Como todas las de mi condición, yo también lo sé.

Aspiraciones truncadas

Los dos hombres estaban sentados en el amplio despacho de la alcaldía. El de mediana edad deslizaba los dedos de la mano derecha a lo largo de su corbata de seda, mientras se ajustaba la chaqueta con la izquierda. Al otro lado de la mesa, el más joven, cuyo cabello parecía desconocer la existencia de esos modernos artilugios llamados peines, vestía vaqueros rotos y sudadera roja. Rompiendo el breve silencio, una voz surgió firme entre las orejas del enorme sillón que presidía la estancia, a cuya espalda un luminoso ventanal ofrecía la mejor vista posible de la plaza del pueblo:

—De modo que pretendes encargarte de gestionar la empresa municipal de transportes…

—Así es —afirmó el aspirante.

—Recuérdame qué titulación tienes. —Continuó el alcalde mientras hojeaba distraídamente el currículum vitae del otro.

—Soy graduado en administración y dirección de empresas. También tengo un Máster en gestión de empresas municipales.

—¿Cómo andas de idiomas?

—He vivido dos años en París y uno en Londres, de modo que puedo decir que tengo buen nivel tanto de francés como de inglés. Además tengo títulos oficiales de ambos, que van adjuntos a mi solicitud.

—¿Y dónde has trabajado?

—He sido gerente de la empresa municipal de limpieza durante más de tres años, hasta mi reciente destitución. Pero eso usted ya lo sabe.

—Algo he oído, pero prefiero que me cuentes tu versión, si no te importa. —La voz del alcalde parecía ahora mostrar interés.

—Lo cierto es que ignoro el motivo por el que fui despedido. Alguien me dijo que tiene relación con un puesto de barrendero que adjudiqué cuando acababa de llegar al cargo. Pero le juro que fui totalmente objetivo durante aquel proceso de selección. Entrevisté a varios solicitantes y finalmente contraté al que reunía las mejores condiciones: graduado en derecho, nivel alto de inglés y experiencia de varios años trabajando como empleado de banca. —El exgerente aspirante a gerente intentaba justificarse así frente a la máxima autoridad del Ayuntamiento.

—¿Seguro que no hay nada más? —siguió el interrogatorio.

—Nada destacable. Aunque tuve un pequeño altercado con otro de los candidatos, un chaval joven. Fue bastante extraño, porque cuando terminé la entrevista como de costumbre, diciéndole que ya le llamaríamos, cogió la taza de café que había en mi mesa y se la tiró por encima.

El joven alcalde recordaba perfectamente la escena que el antiguo gerente acababa de describir, porque fue cuando había sentido truncadas sus aspiraciones de conseguir una plaza de barrendero debido a su inexperiencia y falta de formación. También aquel día había decidido que se buscaría la vida de algún otro modo. Con disimulo, deslizó una mano por dentro de la sudadera para acariciar secretamente la oculta mancha de café que recorría su camiseta interior. No pudo evitar sonreír mientras saboreaba, una por una, sus palabras de despedida:

—Muy interesante tu currículum. Ya te llamaremos.

Musique mortelle

Mientras tomaba mi café a base de nerviosos sorbos en la terraza del restaurante Orly, el ostentoso piano colgaba indiferente desde el último piso de la casa de enfrente. Los peatones, que ocasionalmente pasaban por debajo, parecían no reparar en él, ni advertir el imponente peligro que suponía semejante objeto. Iban inmersos en sus propios asuntos e ignorando cualquier otra eventualidad a su alrededor.

Un hombrecillo menudo con sombrero gris torció la esquina como cada día a la misma hora y tomó la acera que le haría pasar justamente por debajo de aquella negra amenaza. Pulsé el botón disimulado bajo mi manga y sentí un extremo placer durante el escaso segundo en que arma y víctima confluyeron en un único punto imposible. Ganó el más fuerte de ellos.

—Terminaron tus fechorías —me dije, apurando un último sorbo.

XT-23

Algo que siempre hacía subir un escalofrío por mi espalda era encontrarme con la visión inesperada de aquellos carísimos trajes, impolutos e impecablemente planchados. La antinatural rectitud de la raya del pantalón, la longitud perfecta de las mangas de la chaqueta, dejando asomar la cantidad precisa del puño de la camisa o del abultado reloj de oro, el cuello invariablemente blanco en equilibrado contraste con los sedosos tonos pastel de las múltiples y coloridas corbatas, bajo ese rostro de rasgos atractivos, tintados de un moreno artificial y constreñidos por una mueca en permanente remedo de sonrisa franca y abierta, me estaban advirtiendo, desde la primera de las muchas veces que le vi, que se trataba de alguien en quien no debía confiar.

Sin embargo, al ser la única persona que se ofreció a financiar un proyecto de dudoso éxito sin exigir garantías a cambio, terminé por aceptar su dinero y, como mejor pude, traté de reducir nuestros contactos al mínimo imprescindible que exigía su inevitable papel de socio y relaciones públicas.

—Ya no trabajas aquí, ¿recuerdas? —me dijo a través del altavoz del último prototipo del exoesqueleto XT-23, a cuyo diseño y construcción he dedicado los últimos diez años de mi vida profesional—. No sé a quién pretendes engañar con ese pijama negro y ese pasamontañas —añadió, mientras mi atención se centraba en el frío dibujo de un puño dorado que brillaba impreso en su panel pectoral derecho.

—No esperaba verte convertido en usuario de nuestra herramienta, y menos un sábado de madrugada —afirmé, en un intento poco exitoso de resultar despectivo—. ¿Habéis cambiado alguna otra cosa, además del logotipo? —pregunté con ironía.

—Tuve que doblegarme ante los chicos de *marketing* —respondió con indiferencia—. Como sabes, siempre defendieron que una rosa era demasiado cursi para representar adecuadamente la imagen de un dispositivo llamado a multiplicar por mil la fuerza del tipo más enclenque. Nunca vas a admitir que, desde la muerte de Beatriz, te convertiste en un peligro para el proyecto y para ti mismo. Por suerte, el desarrollo ya era comercializable cuando perdiste la cabeza.

Desde que había empezado a hablar, supe que no iba a dejar de reafirmarse en alguna de las socorridas mentiras que le sirvieron para expulsarme.

—Me está llamando loco —repliqué— un tipo vestido con traje y enfundado en una herramienta compleja cuyo manejo apenas conoce.

—*Cherchez la femme* —pronunció con pretendido acento francés—. No puedes imaginar la fascinación que arrebata a la dama que acaba de marcharse cuando siente que podría matarla con un leve gesto de muñeca. Quizá algún día lo haga. Pero eso no es asunto tuyo. —Zanjó, pareciendo volver en sí desde sus pensamientos más ocultos.

—Sólo busco un objeto personal de mi despacho —intenté decir en el tono más neutro de que fui capaz.

—¡Sí que estás loco! —pensó en voz alta—. ¿Quieres que desaproveche la ocasión de conseguir publicidad gratuita a escala mundial? ¿No escuchas los titulares? «Ingeniero despedazado por su propia creación al asaltar la empresa de la que fue despedido». Reconoce que es demasiado bueno para dejarlo pasar. Mis abogados justificarán fácilmente que me defendía de un ataque perpetrado con nocturnidad, alevosía y ciego deseo de venganza.

Mientras hablaba, comenzó a avanzar hacia mí, acompañado por el armonioso sonido hidráulico que tanto me costó perfeccionar. En ese momento, mi empatía hacia él era la misma que, tras correr una maratón, sentiría por una inoportuna mosca posada desafiante sobre mi almuerzo. Por eso mi voz no se alteró cuando decidí activar un casi olvidado mecanismo de seguridad y grité:

—Emergencia XT-23: ¡Implosión!.

Durante un breve instante, junto al chasquido de los huesos aplastados y los quejidos ahogados en sangre, pude escuchar los titulares del día siguiente:

—Muere accidentalmente el principal accionista de una empresa mientras usaba sin supervisión uno de sus productos.

Si no dudé en pronunciar la inapelable orden, fue porque era mi única opción para llegar, ya libre de obstáculos, hasta el doble fondo del último cajón de mi mesa y recuperar la hoja donde escribí el poema que incitó a Beatriz a mirarme por primera vez. Cuando me negaron el acceso de por vida al edificio cuya construcción yo había supervisado, recuperar ese papel se fue convirtiendo en una obsesión incontrolable. Necesitaba volver a acariciar su reverso, donde una mano grácil y menuda —cuya ausencia me asfixia cada vez que respiro— había garabateado, como toda respuesta a mi proposición, la exquisita silueta de una rosa de Damasco, quizá cursi pero también irrepetible.

Enemigo

Alfonse iba inquieto mientras se dirigía al mercado. Confiaba en que su proveedor habitual habría cumplido el encargo y tendría preparados para su restaurante los mejores boquerones frescos, procedentes del copo que los pescadores habrían extraído en la playa vecina durante la madrugada. A esa hora de la mañana, todavía eran pocos los coches que circulaban por la calle compitiendo con las furgonetas blancas de reparto. Subió los escalones de la entrada al mercado y, cuando pasaba por delante de la primera pescadería, no pudo evitar fijarse en los espléndidos pececillos plateados que estaban allí expuestos. Sin embargo, aceleró el ritmo, como hacía siempre al pasar por allí, para evitar cualquier intercambio casual de miradas con aquel pescadero desagradable y maleducado, al que le unían muchos años de enemistad.

Pasó junto a los numerosos puestos de frutas y verduras, carnes, quesos y embutidos varios, de los que tendría que ocuparse más tarde. Podría haber realizado todo el recorrido con los ojos cerrados, guiado únicamente por los característicos olores y por una rutina afianzada durante más de dos décadas. Lo importante era que inexcusablemente hoy tendría que triunfar en la comida que le había encomendado uno de los hombres más ricos del mundo, natural de la zona y que había desarrollado su fortuna en el extranjero. Al llegar frente al mostrador de su pescadería habitual, no le sorprendió la total ausencia de los ansiados boquerones, pues pensó que estarían reservados para él. Pero no era así. Con excusas y evasivas, el hombre le explicó que ese día su colega de la entrada había pujado por la totalidad del copo hasta alcanzar un precio absurdo con el que no pudo competir. Tendría que comprárselos a él. El sudor comenzó a manar con abundancia de la frente y las axilas de Alfonse. Aquello era un desastre. Tendría que humillarse para hablar con aquel tipo, suplicarle que le vendiese la vital mercancía y pagar por ella cualquier precio que pidiese.

Más tarde en el restaurante, después de haberse tragado su orgullo, se preguntaba cómo aquél ser despreciable había sabido que precisamente ese día la continuidad de su negocio iba a depender de tan insignificantes pececillos para un almuerzo privado al que sólo asistiría un selecto y secreto grupo de invitados.

Por su parte, el tipo en cuestión hacía rato que había bajado la persiana del puesto y estaba en su casa colocando cuidadosamente junto a la puerta del baño el traje que se había comprado para el ya lejano día en que enterró a su madre. Se preparaba para la ducha de más de una hora que iba a necesitar hasta conseguir disimular con perfume el olor que tantos años de profesión habían imbricado en su piel. Mientras escogía cuál de sus tres corbatas iba a ponerse, recordaba con nostalgia su época de alumno de primaria cuando, cincuenta años atrás, compartió pupitre con un chaval moreno y desgarbado con el que quedaba los domingos al amanecer para asombrarse ante la faena de los pescadores en la playa, y a quien sólo había vuelto a ver como exitoso empresario en algún que otro periódico. No pudo evitar sonreír al releer el texto de la cartulina que había recibido la semana anterior: «Os espero el martes a las dos en Alfonse. Como en los viejos tiempos, tomaremos boquerones recién pescados».

Cincel

Las mieles del mecenazgo están reservadas a paladares más educados que el mío. Aunque nunca he discutido tus órdenes, me resulta incomprensible que dilapides tontamente una parte significativa de tus rentas para alimentar a una selecta corte más de aduladores que de artistas. Soy incapaz de encontrar ni siquiera una leve emoción en las salpicaduras arrojadas de forma aleatoria sobre un lienzo, en una habitación plagada de pantallas torcidas mostrando en bucle imágenes de cuerpos semidesnudos o en tres bolsas de basura descuidadamente apiladas en el rincón mejor iluminado de un museo. Considero a sus creadores una manada de parásitos que han encontrado una cómoda forma de vida a la sombra de un mecenas tan sensible a su arte como férreo en el gobierno de sus negocios. Respaldo tus inversiones en casinos por su rentabilidad y en empresas farmacéuticas por tus problemas de salud. Pero lo de patrocinar a estos golfos siempre me ha parecido una pérdida de tiempo y sobre todo de dinero.

El caso de Vincenzo es diferente. Junto con su foto, recibí el catálogo de sus obras más recientes y, al hojearlo, me sentí tan sobrecogido por la belleza de aquellas esculturas de mármol que acudí a su exposición todas las tardes de la siguiente semana, dedicando largos minutos a contemplar cada pieza hasta casi memorizarla. Se le ha criticado calificándole de barroco, pero es precisamente su atención a los detalles y la delicadeza y abundancia de estos lo que resulta conmovedor. La portada del catálogo reproduce la que considero su obra maestra: «Cabeza de mujer». Una mujer joven que parece dirigir la mirada hacia su regazo mientras el pelo, largo y ensortijado, resbala suavemente sobre su hombro izquierdo.

El día que fui a su estudio, tras una deliberadamente breve presentación, le pedí que me mostrase el cincel que había utilizado para esculpir aquel retrato femenino. Había leído que Vincenzo pasó la mayor parte de su infancia en una cabaña aislada en la zona de los Alpes, donde el único entretenimiento posible era tallar la madera con una pequeña navaja. Allí desarrolló esa soberbia habilidad para identificar formas y volúmenes, para extraer del amorfo material gráciles ciervos, osos amenazantes y las esbeltas pastorcillas que aparecen recurrentemente en su obra. Cuando, viviendo ya en Venecia, pudo experimentar con el mármol, su don floreció más que nunca y le llevó en pocos años a llamar la atención de solventes mecenas, si bien fue a ti a quien eligió finalmente. Liberado de la preocupación por ganarse el sustento cotidiano, dedicaba sus días y sus noches a cincelar incansablemente bloques de todos los tamaños, como si presintiese que su tiempo entre los vivos tendría una corta fecha de caducidad.

Cuando le tuve ante mí, me pareció que su extrema delgadez le daba una apariencia demasiado frágil, impropia de alguien dedicado a un arte tan exigente físicamente. Además, la blancura casi transparente de su tez, la finura de su mentón y los caprichosos rizos de su rubio cabello, podrían inducir a un observador distraído a tomarle por una más de las bucólicas figuras que poblaban su estudio. Sólo la presencia de unos grandes ojos oscuros sugería que algo vivo se ocultaba, o más bien se protegía, dentro de tan liviana envoltura.

Mi interés por uno de sus útiles de trabajo no pareció agradarle, quizá por resultar una petición inesperada o impertinente, pero le debía demasiado al apellido impreso en mi tarjeta de visita como para negarse o poner reparos. A los pocos minutos lo tenía en mis manos. Un cincel de acero forjado, que había perdido el brillo por el polvo blanquecino depositado en toda su extensión. No sería más largo que la distancia entre mis dedos pulgar e índice totalmente extendidos. Su grosor permitía agarrarlo con firmeza o suavidad, según lo requiriese el embate que el pesado mazo iba a ejecutar a continuación. La forja había sido eficaz, pues el extremo afilado había resistido millares de golpes sin perder su agudo borde, mientras que el engrosamiento del extremo opuesto, con su forma roma y aparentemente irregular, ofrecía una superficie ideal para recibir el impacto que se transmitiría a través del acero para infligir al doliente mármol el más sutil de los desgarros.

No pude evitar una intensa agitación al sentir su frialdad y comprobar hasta qué punto estábamos hechos del mismo material. Yo he sido el implacable cincel con el que has esculpido tu imperio y por eso siempre te llamé jefe antes que padre. Tú, siempre presto a doblegar voluntades y conseguir resultados rápidos e incontestables. Yo, firme acero ejecutando tus órdenes. Me forjaste pacientemente de acuerdo a tus necesidades, unas veces con castigos físicos, otras con privaciones, casi siempre mediante coacciones, hasta convertirme en una herramienta perfecta para conseguir tus fines. Te estoy agradecido por ello.

Casi me dio pena la triste mirada de aquellos ojos profundos cuando empujé el implacable cincel a abrirse paso entre las costillas de Vincenzo y atravesé su corazón, desgarrándolo hasta dejarlo inerte.

Tu previsión se ha cumplido. Como esperabas cuando me diste la orden, la cotización de sus obras se ha disparado y con ella tu patrimonio. Me has enseñado bien. Tantos años sirviéndote me han llevado a dominar mi arte tanto como él dominaba el suyo. Ya sabes que me gustan estos juegos y que, cuando tengo que poner fin a una vida, me obsesiona encontrar un instrumento que guarde una íntima relación con mi víctima.

Sin embargo, te guardo otra noticia aún mejor. Una empresa farmacéutica, en la que no has invertido, ha cometido un grave error que la conducirá a la quiebra y centuplicará el valor de las acciones de la competencia, que sí posees. Ese lamentable error causará la muerte a numerosos pacientes, involuntarios peones que es necesario sacrificar para alcanzar un bien mayor. Pero junto a ellos también caerá un rey.

No ha sido casual que hoy, en la única farmacia cercana a la casa de campo en la que te aíslas del mundo, sólo estuviese disponible la insulina de ese laboratorio negligente. Cuando te la has inyectado esta tarde, sin saberlo, has roto ese equilibrio inestable por el que tu cuerpo lleva serpenteando toda tu vida.

En cierto modo, tu previsión se ha cumplido. Como esperabas, tu fortuna se ha multiplicado. Pero algo ha salido mal. Ahora es mi fortuna.

BIOMENTOS

Simiente maldita

El joven regresa al palacio de madrugada, recorriendo en solitario el paseo bajo la trémula luz de las farolas que se alternan con los olmos. Justo antes de llegar, una oscura silueta le sale al paso. No es un asaltante cualquiera. Reconoce el sombrero gris, los ojos verdes, el abrigo raído y el filo de una navaja.

—Déjame en paz. Te vas a arrepentir de esto —dice con desprecio, sin alzar la voz y tratando de seguir su camino.

—¿Es que no te arrepientes de nada? —espeta su oponente con voz grave y airada.

La fría hoja se hunde repetidamente en el abdomen del chico. Su vida se desparrama por el suelo. No ha tenido tiempo de escuchar un último susurro:

—Yo acabaré en la cárcel, pero tú ya no vas a hacerle lo mismo a ninguna otra.

Carta a don Tomás

Recordado don Tomás:

Mi infancia no fue feliz. Tuve como padres a las personas más cariñosas que alguien pueda desear y nada era para ellos más importante que yo. En todo caso, podía serlo mi educación. Sin embargo, tan pronto traspasaba los protectores límites de mi hogar, el mundo se transformaba en un lugar hostil que yo no comprendía, que carecía de sentido absolutamente, plagado de seres cuyo comportamiento no dejaba de sorprenderme de las formas más desagradables e injustificadas.

Mis primeros recuerdos se sitúan en su escuela, aquella antigua capilla que estaba en la misma acera de mi casa, al final de la calle. Como sacerdote, Ud. se ganó la confianza de varios vecinos del pueblo, consiguiendo reunir a un conjunto heterogéneo de alumnos de todos los niveles educativos. Recordará que nos mandaba sentar en los bancos de la iglesia mirando hacia el altar mayor, desde donde Ud., siempre orgulloso, impartía las clases ataviado con su raída sotana negra. A diferencia de mis compañeros, que parecían estar allí para pegarse unos con otros y para someternos a los más pequeños a todo tipo de humillaciones y amenazas, mi único salvavidas era el goce que me producía aprender lo que escuchaba durante sus clases.

Recuerdo que Ud. a veces comenzaba a hacer preguntas por el lado izquierdo, donde se sentaban los mayores, a modo de concurso. Cuando alguien acertaba, ganaba la primera posición mientras el resto desplazábamos nuestras nalgas hacia la derecha sobre la desgastada madera de los bancos. Los de primaria siempre ocupábamos las últimas posiciones y nuestras posibilidades de contestar eran escasas, pero aquél día en que ningún otro supo la respuesta y conseguí el primer puesto, por delante de los alumnos de bachillerato, lo viví como un triunfo y es lo único de aquella etapa que recuerdo con agrado.

El resto de secuencias confusas que consigo evocar tiene siempre el tinte de la intimidación por parte de los compañeros durante los recreos en aquella celda sin techo que llamábamos patio, del maloliente cubículo que hacía las veces de aseo o del dolor físico cuando Ud. nos levantaba del suelo, agarrándonos de una oreja para interrogarnos sobre alguna travesura. Tampoco habrá olvidado lo que disfrutaba cuando nos ponía a todos en línea mirando hacia el altar y nos hacía extender las manos a los lados con las palmas hacia arriba, de modo que las mías quedaban expuestas delante de los compañeros que me flanqueaban, mientras que delante de mí se situaban la palma derecha del que estaba a mi izquierda y la izquierda del que estaba a mi derecha. Recuerdo cómo inspeccionaba Ud. esta estructura, corrigiendo la posición de las manos que estaban demasiado altas o bajas, persiguiendo minuciosamente la linealidad del conjunto. Y cómo, a continuación, con su regla de madera iba repartiendo sonoros palmetazos a lo largo de esta temblorosa cadena de manitas infantiles, algunas adolescentes, que quedaban rojas y doloridas durante el resto del día.

Todavía hoy puedo mirarme la mano y sentir el impacto, no sólo del golpe, sino también de la impotencia ante aquellos castigos injustos y con frecuencia aleatorios, que sin embargo eran generosamente respaldados por nuestros padres como herramienta efectiva para nuestra formación.

Ignoro si en años posteriores Ud. llegó a arrepentirse de algunas de aquellas acciones, o siquiera a cuestionarlas. Supongo que no. Tampoco me importa y no es lo que pretendo redactando esta carta que no le enviaría aunque pudiese. Mi único objetivo es extraer de la memoria aquella lejana parcela, para ser capaz de ponerla por escrito y relegarla por fin a la posición que merece: el olvido.

Atentamente,

Guillermo J. Caamaño

Ida y vuelta

Salvador se sentía satisfecho de camino a la feria. Cuando era pequeño, él tenía que buscarse la vida como podía, porque su madre era una viuda con ocho hijos sin tiempo ni dinero para ferias y que tenía un único lujo a su alcance: enseñarles a ser honrados y trabajadores. Gracias a esa impagable herencia, él era ahora el respetado dueño de un taller eléctrico que podía acompañar orgullosamente a su único hijo a la feria para asegurarse de que no le quedase chuchería por probar ni cacharrito al que subirse. Ese día, la lluvia estaba desluciendo el paseo, pues el amplio recinto en el que se asentaban tanto las casetas como las atracciones tenía el suelo de un albero amarillo terroso que llevaba varias horas acumulando charcos. Los pies de los paisanos, con su incesante trasiego, no paraban de amasar aquel barro, dotándole de una textura pegajosa que se agarraba tenazmente a zapatos y botas.

Al mismo tiempo, Carmela removía su brasero de picón con una paleta metálica. Sobre la mesa camilla estaban dispuestas simétricamente las piezas del vestido que estaba confeccionando, enfrentadas por los bordes que se disponía a coser. Empezó uniendo con un pespunte los hombros de las partes anterior y posterior, siguiendo después por los laterales y dejando libres las sisas, a las que más tarde uniría las mangas. Lo hacía sin prisa, pues, a diferencia de casi todas las mujeres de su generación, no tenía ni marido ni hijos que estuviesen esperando a que ella les preparase la cena o les planchase la ropa. Había tenido algunos pretendientes, pero ninguno que le gustase lo suficiente para desear verle en calzoncillos o tenerle tan cerca que pudiese apreciar el olor de su aliento. El vestido iba poco a poco tomando forma y pensó que se acercaba el momento de probar cómo quedaría puesto en su lugar.

Por su parte, Antonio no estaba del todo insatisfecho. Su tómbola era la caseta más grande, rentable y mejor situada de todas. Aunque la lluvia siempre auguraba ruina para los feriantes, aquel pueblo era tan pequeño que ellos proporcionaban prácticamente el único entretenimiento disponible. No había padre que quisiera renunciar a la oportunidad de llevar a sus hijos. Además, estas loterías en miniatura son siempre buen negocio, impulsadas por la invitación a soñar con un premio ridículamente grande por un esfuerzo ridículamente pequeño. Antonio ni siquiera miró a los ojos de Salvador cuando le entregó diez boletos a cambio de veinticinco pesetas. Había repetido ese gesto mecánico muchos miles de veces en decenas de pueblos y esa tarde era solo una más. Los boletos fueron desvelando uno a uno su escondido secreto: «Siga jugando». Sin embargo, al abrir el último, el contenido fue diferente: «N.º 17». ¡Bien! ¡Nos ha tocado un premio! Salvador se acercó rápidamente a Antonio para reclamarlo y éste le dio a elegir entre un balón de fútbol y una muñeca. Miró a su hijo con una sonrisa que enseguida se convirtió en mueca helada cuando el niño emocionado escogió la segunda opción.

—¿Estás seguro? ¿No prefieres la pelota?.

Él sabía que a su hijo no le gustaba el deporte, pero aquella elección le decepcionaba, le dolía y le avergonzaba. No dijo nada, aceptó la muñeca, se la entregó al niño e inició el camino de vuelta mientras intentaba torpemente camuflar sus lágrimas.

Sentada en la camilla y dedal en mano, Carmela estaba contenta con su trabajo. La prueba había demostrado que las medidas eran correctas y solo le quedaba rematar las mangas y unir la falda. En ello estaba cuando llamaron a la puerta. Eran su cuñado y su sobrino. El niño sonreía mientras le tendía una gran caja de cartón, de cuyo interior extrajo una preciosa muñeca. Un nuevo miembro que incorporar a la familia para la que ella creaba sus vestidos. Las lágrimas volvieron a enturbiar los ojos de Salvador, pero esta vez la causa era una atropellada mezcla de alegría y alivio pésimamente disimulados.

Un instante de felicidad

Sin duda los padres primerizos nos emocionamos ante la posibilidad de un embarazo, con su confirmación y durante su desarrollo. Nos gusta simular que sentimos lo mismo que la mujer que, de forma poco responsable, aceptó la posibilidad de ser fecundada. Luego el parto y la ceremonia de ver a tu hija por primera vez. Para ella todo es nuevo, una vida entera para aprender y disfrutar. Pero para mí no sólo era nuevo, también supuso acceder a la sensación de haber trascendido mi propia vida. Constatar que existe un ser totalmente nuevo e independiente. Y además, hubo un detalle que para mí supuso un estremecimiento, una sensación mezcla de calor, agobio y satisfacción.

Mi esposa siempre decía que mis pies son muy feos por no seguir una pauta regular, en contraposición a la belleza de los suyos, donde cada dedo va cediendo una fracción de su longitud al anterior, convirtiéndolos en una escalinata perfecta que podría servir de modelo a una pasarela por la que una vedette de revista bajase con elegancia sin apartar la mirada del público.

Cuando tuve en brazos a mi hija y uno de sus pies se deslizó fuera de la mantita en la que iba envuelta, la satisfacción fue incontenible. Ese piececito, minúsculo y arrugado, tenía una característica poco común que yo conocía bien: su índice era más largo que su pulgar.

Lepidóptero

Una hendidura circular comenzó a rasgar desde dentro un extremo de la oblonga crisálida, expulsando un sombrerillo que, a medida que se abría, mostraba una mariposa de aspecto marchito desdoblando pausadamente cada elemento de su compleja anatomía, hasta ese momento plegada y empaquetada en el mínimo volumen posible. Primero se desenrollaron las antenas, luego surgieron las patas que al tiempo de extenderse hicieron palanca para extraer el comprimido cuerpo y unas láminas arrugadas y temblorosas que a los pocos segundos se habían convertido en enormes alas tan vistosas y coloridas como firmes y frágiles. Liberada ya totalmente de su prisión, la ahora espléndida mariposa emprendió su primer vuelo sin haber aprendido nunca a volar. Sé como la mariposa. Despliégate gloriosa y asombra al mundo.

Dedicado a María Caamaño

BRELATOS

Turista nocturno

El pertinaz insomnio me mantenía pesadamente incrustado en el colchón viscoelástico cuando, de reojo, vi encenderse la luz del jardín. Como cada noche, los sensores de movimiento habrían detectado el orgulloso pavoneo del gato del vecino. Alargué la mano hasta la mesilla y utilicé el móvil para conectarme a la cámara exterior. Efectivamente, el odioso minino había activado los sensores, pero su actitud ya no era desafiante. Más bien remedaban una alfombra peluda y rojiza los dispersos restos del felino aplastado por la prensa de diez mil kilos. No fue barato, pero al menos resolví el problema.

Indefectible

Si hubiese que buscar una característica común a todos los mensajes que ella escribía incansablemente en su aplicación de mensajería favorita, ésta sería la segura presencia de alguna letra de más o de menos, la certeza de que la literalidad del mensaje no se correspondería con palabras que figurasen en diccionario alguno del idioma de Cervantes. Cuando alguien le intentaba hacer ver que debía prestar al menos unos segundos más de atención antes de pulsar el botón de envío, ella siempre respondía:

—*El k tne voka sekiboka.*

Descenso

Ella finge no haber notado que me acerco. Piso firme para irradiar determinación, para desplegar mi sonrisa de enamorado pavo real, mientras la brisa reafirma sus cabellos como bandera de mi única patria. No hay vuelta atrás. Voy a decirle que nuestras vidas nunca han tenido otro sentido que converger en este punto, en este mágico instante, del que partirán ya indisolublemente engarzadas. Súbitamente, el suelo se encabrita y se aplasta contra mi rostro. Aturdido y desorientado, solo puedo esperar que un maldito escalón no haya quebrado a la vez mis gafas, mis dientes y mis sueños.

Mi colección

Nunca tengo suficientes. A veces me pregunto qué me impulsó a coleccionarlos. Supongo que fue tanto su belleza como su brevedad y, por supuesto, la certeza de que si yo no los capturase, se perderían para siempre. Nunca me desaniman las dificultades para encontrarlos, ni las múltiples situaciones incómodas en que me he visto envuelto. Me agazapo en los bares, en los restaurantes, junto a los bancos de los jardines, en las pausas de los semáforos, en la intimidad de las iglesias o en la oscuridad de los cines, y subrepticiamente me acerco a sus poseedores en un imperturbable empeño por conseguir mi preciado objetivo. Cuando al cabo se libera, me deleito en atraparlo y guardo en mi colección ese maravilloso, único e irrepetible suspiro.

Pandemia

Desde que era muy pequeña, todos los días de su vida habían comenzado con un secreto placer. Al despertar por las mañanas, nunca abría los ojos inmediatamente. En su lugar, dedicaba los primeros minutos a disfrutar del mundo tanto como podía. Acariciaba suavemente las sábanas con el dorso de los dedos. Se dejaba invadir por el intenso aroma del café que su madre había preparado antes de salir el sol. Escuchaba el murmullo de las furgonetas de reparto, a cuyos mandos los sufridos conductores se afanaban en cumplir puntualmente sus entregas... Esa mañana, todo resultaba extraño. Sábanas ásperas. Regusto amargo. Revuelo de pájaros en el exterior y un olor nauseabundo que subía desde la calle. Entonces recordó.

Alivio de luto

Colocó la sartén sobre la lumbre y, tan pronto la grasa comenzó a derretirse, agregó una pizca de sal, el ajo y la cebolla que había picado previamente, un chorreón de aceite de oliva y un tomate maduro. Mantuvo la cocción a fuego lento, removiendo de vez en cuando, respirando aliviada, sumida en sus propios pensamientos e ignorando la mirada de su marido, que apenas asomaba del sofrito.

Contorsionista

En la oscura humedad de la madriguera, las suculentas crías dormitan confiadas sobre un cálido lecho de hojarasca. Me introduzco silenciosa, rozando apenas el suelo mis escamas, repitiendo un juego ancestral que largamente ha propiciado la necesaria supervivencia de mi especie. Mi certera mordedura en el cuello despierta a la mayor cuando el veneno se extiende paralizador por sus tiernos tejidos. La engullo despacio, ya inerte, y me retiro con sigilosa cautela. Sus hermanas ignoran que desde hoy tendrán raciones más abundantes y crecerán más fuertes y sanas. Con mi aparente crueldad, propicio la necesaria supervivencia de su especie.

CHANCERÍAS

Concurso

En CHORIBERIA, es nuestro compromiso con la cultura, y con el chorizo ibérico, el que nos impulsa a convocar un año más nuestro prestigioso «Concurso Literario» sujeto a unas sencillas normas: los textos deberán ser publicados en una red social durante la próxima semana con el hashtag #YoSoyMásDeChorizo y tendrán una extensión de cuatro a diez palabras, debiendo aparecer entre ellas CHORIZO un mínimo de 3 veces.

A cambio del suculento premio de un paquete de 200 gramos de nuestro exclusivo Chorizo Premium, los autores renunciarán a todos los derechos sobre el texto que presenten, así como también sobre cualquier otro que puedan escribir a lo largo de sus descoloridas vidas.

Desde su fundación, CHORIBERIA ha mantenido la voluntad de alcanzar la excelencia en la producción del más exquisito chorizo. Esto nos ha llevado a seleccionar los mejores ejemplares de cerdo de nuestras granjas, exclusivamente para la producción de nuestras variedades más apreciadas, entre las que se incluyen el chorizo de lomo y el chorizo de jamón. Sin embargo, nunca olvidamos que nuestra verdadera vocación es el fomento de la cultura en nuestra sociedad como medio para construir un mundo mejor.

A continuación, reproducimos el texto ganador del año pasado, difícilmente superable:

Chorizo, chorizo, chorizo, chorizo, chorizo, chorizo, chorizo, chorizo, chorizo, chorizo.

Bucle

Acabo de confirmarlo. Ahora sé que mi vida está en tus manos y por eso te odio. Quizá debería agradecer que me hayas revelado por fin tu presencia, pero ignoro si lo has hecho de forma consciente o simplemente te ha traicionado ese perverso sentido del humor que seguramente no puedes dominar.

Nunca lo habría sabido de no ser por esta afición que tengo a escribir. Disfruto inventando historias en las que heroicos personajes se enfrentan a situaciones adversas y despliegan todo su ingenio hasta salir airosos. Sin embargo, ya no me puede parecer casual que, cuando encuentran el amor, triunfan profesionalmente o les toca la lotería, mi vida continúe sin cambios, mientras que cualquier desgracia que les sucede a ellos se materializa para mí, tarde o temprano, de forma totalmente real. Ni tampoco que el tiempo transcurrido entre lo que escribo y lo que me ocurre haya ido reduciéndose paulatinamente, de modo que si escribo algo negativo por la mañana puedo tener la certeza de que lo lamentaré esa misma tarde. Así he podido intuir desde hechos intrascendentes, como que un conocido evite saludarme por la calle, hasta la quiebra de la empresa en la que trabajaba, el accidente de autobús en el que casi pierdo la vida, la desaparición de mi perro o el asesinato de mi mejor amigo. Ahora, mi condena a muerte y mi ingreso en la cárcel desde la que escribo estas líneas confirma definitivamente mis sospechas. Me has hecho entender que los avatares de mi vida no han sido fruto de la casualidad o de la mala suerte, sino del cruel empeño de una voluntad tan retorcida que se regocija en sembrar mi existencia de reveses cuidadosamente seleccionados entre los que yo mismo había imaginado para otros.

Tú eres mi autor y yo tu personaje. Pero al escribir este texto, te he convertido en personaje y ahora yo soy tu autor. Y en este preciso instante, lamentablemente, mueres.

Fábula

Los tiernos amantes se acurrucaron en el rincón más profundo y oscuro del bosque, ocultos bajo una rama tan retorcida que podría representar hermosos versos escritos en un lenguaje olvidado. Ella habló:

—No puedo soportar más esta situación. Solo he venido para despedirme. Tu falta de determinación para enfrentarte a las convenciones me ha hecho ver que no me quieres lo suficiente, que merezco algo mejor. No estoy dispuesta a pasar toda la vida teniendo que esconderme para sentirme acompañada, querida, escuchada… —Sus ojos se humedecieron—. Quiero salir y disfrutar a plena luz, sacar a pasear mi felicidad, sentirme abiertamente orgullosa. Si no puedo tener eso contigo, será con otro. O no será. Pero estoy harta de tener que rodearme de frío, humedad y silencio para sentirme dichosa. ¿No tienes nada que decir?

—No… sé… qué… decir…

—¿Ves? Ese es el problema. Te quiero, te querré siempre, pero en este momento me tengo que querer más a mí misma. Adiós.

Depositó un suave beso en el morro de la tortuga y, a pequeños saltos, trepó por el árbol con la rapidez y agilidad características de la reina de las ardillas.

¡Sorpresa!

El domingo pasado conocí a la más perfecta descendiente Afrodita. Se llama Raquel y, aunque ella todavía no lo sabe, se va a convertir más pronto que tarde en la madre de mis hijos. Lo sé por la química especial que surgió entre nosotros y por su gesto pícaro mientras me dictaba su número de teléfono.

Llamé el lunes y contestó una voz masculina que negaba una y otra vez conocer a nadie con ese nombre. Es lamentable el celo que algunos padres derrochan creyendo erróneamente proteger a sus hijas.

Cuando llamé el martes, hablé con una mujer que también pretendía ignorar la existencia de la emperatriz de mis sueños y mi futuro. Me dio mucha pena la pobre, tan subyugada por su marido que se veía obligada a seguir ciegamente sus peregrinas consignas.

Hoy he vuelto a llamar, pero he sido más listo que ellos. En lugar de preguntar por Raquel, con la excusa de entregar un paquete, he conseguido la dirección.

Después he tomado una ligera ducha, que ya me tocaba, y de camino he parado en la floristería. Estoy a punto de llamar a la puerta. ¡Menuda sorpresa se van a llevar!

Mala imitación nacarada

Laura sintió una honda frustración cuando la investigación dejó de avanzar debido a que toda la información del portátil, que tanto esfuerzo les había costado conseguir, estaba cifrada. Su dueño, en coma en un hospital tras el accidente con que había concluido bruscamente la atropellada persecución, quedaba descartado para ganar el acceso que necesitaban. Un único atisbo de esperanza provenía del error que había cometido el secuestrador al encriptar su disco mediante un programa informático que, a pesar de emplear los algoritmos más modernos e indescifrables, introducía una vulnerabilidad por otra parte bastante común: obligaba al usuario a elegir un indicio que le ayudase a recordar la contraseña en caso de olvido. Sin embargo, después de tres intentos fallidos, los datos serían irrecuperables.

Los piratas informáticos utilizan esta debilidad a diario para usurpar todo tipo de cuentas particulares, lo cual resulta fácil de aprovechar cuando se trata de preguntas estándar del tipo: ¿cuál es tu color favorito?, ¿cómo se llamaba tu primera mascota? o ¿dónde nació tu madre?

En este caso, el delincuente había escrito su propia pregunta y nadie en el equipo de investigadores tenía la menor idea de cuál podía ser la respuesta que revelase los secretos de esa liviana maraña de alta tecnología, que con frialdad y altivez se escondía bajo un disfraz de impecables brillos plateados. Sin duda, alguno de aquellos recónditos circuitos conocía al detalle la ubicación de la chica desaparecida, cuyos ojos había sentido atravesar su garganta como dagas esmeralda pidiendo auxilio cada vez que se había visto obligada a mostrar la foto a todo posible testigo, durante los tres intensos días que ya duraba la búsqueda.

El registro en el domicilio de quien sus compañeros habían bautizado como «El bello durmiente» se prolongó más de lo previsto. Además de buscar por todos los recovecos posibles entradas a supuestas habitaciones ocultas, se entretuvieron separando las páginas de los incontables libros que formaban la extensa biblioteca, muchos pertenecientes al Siglo de Oro español, en busca de anotaciones o papeles olvidados en su interior. Pero no encontraron nada relevante. Las búsquedas en Internet tampoco rindieron resultados. Seguían estancados.

Sin pista alguna de la que ocuparse, Laura recordó la frase que su padre solía decirle cuando observaba en ella síntomas de agitación: casi nunca lo urgente es importante ni lo importante es urgente. Por ese motivo, decidió no saltarse su primera clase del taller de escritura, pensando que conocería a nuevos compañeros y que con suerte (mucha suerte) alguno de ellos encontraría sentido a la pregunta misteriosa. Llegó puntual y, después de realizar ante el grupo una breve descripción de sí misma y de los motivos que la impulsaban a acudir al curso, mencionó un enigma en el que estaba trabajando, sin dar demasiados detalles. Pronunció su frase, previamente estudiada, dejando que se desplegase por el ambiente como una voluta de humo lanzada por un experto fumador:

—Si yo os preguntara cuál es el país del que proviene la mala imitación nacarada, ¿qué me contestaríais?

—¿No es evidente? —respondió Luis—.

Dedicado a Luis Roger

Divertimento

El rostro noto granate
al comenzar el dislate
de jugar con las palabras.
Esto sí tiene tomate.

Se trata de un disparate.
Esto nadie lo rebate.
Que la tarea es difícil
no se somete a debate.

Me servirá de acicate
que sea singular combate,
aunque visto con distancia
no me convierte en un vate.

Lo que temo es el embate
de alguien que me desbarate.
Si esto acaba sucediendo
intentaré algún regate.

Pero si acaba en empate
este vano escaparate,
puede que todo se pierda
al buscar el desempate,
y la furia se desate
y me llamen botarate,
a quien se interponga mate

y tenga que hacer el petate,
salir huyendo en un yate
y después pedir rescate,
aunque así yo me delate.

En la prisión, aguacate,
arroz, leche y chocolate.
Triste fin para un empeño
digno de mejor remate.

OSCURESCENCIAS

Por última vez

Desde la abarrotada soledad de este antro irrespirable, mientras siento el humo conquistar mi pecho y desgarrar sus recovecos con feroces hordas de afiladas garras, observo en silencio las volutas que va desprendiendo mi pipa, como espíritus malditos que escapan del infierno de las brasas y se expanden a mi alrededor, ansiosos por alcanzar otros pechos, tomarlos por la fuerza y someterlos a la voluntad de sus deseos. Volad libres. Cumplid vuestro destino. He sido para vosotros un laborioso súbdito durante tantos años que ahora, en mi despedida, quiero rendiros este postrero servicio. Calmad a los impacientes. Confortadles cuando estén azorados o tristes. Acompañadles como gozoso colofón a sus días felices y ejerced de incondicionales plañideras en cada adversidad. Propiciadles amistad, del mismo modo que me ayudasteis a confraternizar con mis antiguos camaradas. Y al final, como hicisteis conmigo, reclamad sus vidas como último tributo.

Cumpleaños

La noche de mi cincuenta cumpleaños me ha dejado una huella imborrable. No sólo me he sentido rodeado del cariño de mi esposa y mis tres hijos mayores —la pequeña no ha podido venir por vivir a miles de kilómetros—, sino que he visto juntas de forma inesperada a las personas que han tenido una presencia significativa en el transcurrir de esta vida que ya lleva un tiempo realizando un tenaz esfuerzo por lastrar mi ánimo.

La casa es grande, pero aun así nunca había estado tan llena de gente. Aquel primo, ahora viudo y con tres hijas, al que no veía desde que era un soltero con el que la chica que me gustaba se hacía la encontradiza. Dos de mis jefes, para los que trabajé largos años con una lealtad que ahora considero excesiva. Compañeros de trabajo con los que compartí deshoras e incertidumbres, pero también éxitos profesionales que podemos recordar con justificado orgullo. Amigos a los que el destino intentó alejar pero cuya voluntad fue más fuerte y que me han acompañado en los momentos en que realmente les necesitaba. Mis padres, las personas que a día de hoy siguen siendo mi mayor punto de apoyo y las que mejor atinan con la frase que consigue iluminarme en momentos de abatimiento.

También el ambiente ha sido reconfortante. Durante la cena con abundantes aperitivos, tablas de quesos y de patés, espárragos y salmón, nos ha acompañado la música de fondo de Pink Floyd y de Vangelis. Al terminar, hemos retirado de la gran tarta de merengue y chocolate las dos velas en forma de números y servido animadamente generosas porciones en los pequeños platos de postre, decorados con hojas entrelazadas que fueron un regalo de segundas nupcias raramente utilizado. Se han rememorado anécdotas que ahora resultan divertidas, a pesar de ser tremendamente embarazosas en su momento. El día que mi hijo mayor derramó un batido de fresa sobre su traje de comunión minutos antes de partir hacia la iglesia. Cuando mi secretaria envió el listado completo de los proveedores de un cliente importante a su más directo competidor. Cuando, al final de una cena de empresa, el jefe de contabilidad se subió a la mesa y, mientras intentaba bajarse los pantalones, cayó sobre la mujer del director general, desgarrando por completo su elegante y carísimo traje de Chanel.

Sin duda, lo que más me ha emocionado ha sido que todos hayan pronunciado unas palabras para expresar el modo en que, de forma no siempre intencionada, he contribuido a mejorar sus vidas. Ha sido grato saber que mis hijos se han sentido respaldados en sus decisiones y el modo en que a veces mi ayuda les ha servido para tomar aquellas que se presentaban *a priori* como más complicadas. Oír de labios de mi esposa que su vida solo es plena porque me tiene a su lado cada día, a cada paso. Escuchar de cada uno de mis compañeros y amigos cual ha sido el momento en que mi presencia sirvió activamente para hacerles un poco más felices. Confirmar la sospecha de que mis padres se sienten verdaderamente orgullosos de mí.

Esto ha sido antes de que todo se desvaneciese a consecuencia de un sonido molesto y repetitivo. Recostado en el sofá de este minúsculo apartamento de doble divorciado, veo en la pantalla del teléfono la cara sonriente de mi hija menor, que me llama desde las antípodas.

—Hola, papá. Aunque sea con unas horas de retraso, ¡feliz cumpleaños! Medio siglo ya. ¿Cómo estás?

—Estaba adormilado aquí en el sofá. Muchas gracias por tu felicitación, eres la única que se ha acordado —respondo sin haber recuperado por completo la consciencia.

—Perdona que no te llame con más frecuencia, pero entre la diferencia de horarios y la peque, es casi misión imposible.—Su voz intenta disfrazar de optimismo el cansancio que provoca un día de intenso trabajo culminado por una agotadora sesión, a cargo de mi nieta, del tipo «eres mi madre y me vas a hacer caso quieras o no». Miro el reloj y efectivamente tiene que ser eso.

—No te preocupes, a mí me basta con saber que estáis bien. Las fotos que me enviaste son preciosas, me estoy planteando visitaros en vacaciones. Tengo muchas ganas de conocer a la nena y de darte un abrazo. —Esto es lo que verdaderamente echo de menos.

—Estupendo, pero no reserves hotel, tenemos habitación de invitados. Nos encantará tenerte aquí. Te enviaré más fotos. Un beso muy fuerte.

—Un beso, hija —respondo a un aparato ya mudo y sordo.

Me gustaría retomar mi sueño en el punto en que la llamada lo interrumpió. Cierro los ojos y me concentro en revivir la última escena, pero resulta inútil. Mi cerebro se niega a prolongar la ilusión. Entonces empiezo a pensar en las personas que imaginaba asistiendo a mi fiesta. ¿Por qué deberían querer hacerlo? Mi segunda esposa, al igual que la primera, rompió conmigo incapaz de soportar mis infidelidades. Mis hijos mayores apenas me conocen, ya que pasé su infancia como un padre dedicado al trabajo y su adolescencia como el tipo en cuya casa se veían forzados a dormir un sábado al mes. Nunca he intentado contactar con aquel primo, al que sin embargo me gustaría volver a ver. Los jefes a quienes imaginaba glosando mi contribución a sus negocios siempre me han evitado, pues les abandoné por empresas de la competencia para terminar montando la mía propia que competía con todos. A mis compañeros de trabajo siempre les traté de un modo tan profesional que nunca daba pie a relaciones personales, salvando mi pequeña debilidad por las secretarias, aunque no creo que ninguna de ellas asistiese voluntariamente a ningún acto en el que se me rindiese homenaje. Las excepciones podrían ser mis amigos más antiguos, que seguramente lo son todavía si siguen vivos; y mis padres, que continúan muy presentes en mis pensamientos, aunque murieron poco después de mi primer divorcio.

Intento rememorar si alguna vez lo he hecho, pero no. Nunca he organizado una fiesta para nadie. Ninguna persona tiene ese tipo de recuerdo asociado a mí. Si mi hija quisiera hacerlo conmigo, no tendría a quién invitar. Llego a una conclusión evidente: nadie querría organizarme una fiesta de cumpleaños.

De caza

El frío se está volviendo insoportable. Me alegro infinito de haberme traído el plumón de la sierra, porque si no estaría ya más tiesa que las barras de pan que venden debajo de mi casa. No entiendo cómo puede sobrevivir una panadería donde no saben hacer su trabajo. Supongo que es la única alternativa para las viejecillas del barrio que tienen mermado su radio de acción. *Pobreticas*. Pero el caso es que estoy aquí, semicongelada y hasta los ovarios de las putas ideítas de mi jefe. A ver, que yo también quiero cazar al hijoputa, pero que me haya elegido de señuelo para quedar con el cabronazo a las tres de la mañana en el aparcamiento de una discoteca de pueblo, y encima se crea que me halaga por decirme que soy la tía más buena de toda la comisaría, me parece de traca. Desde luego, si estoy aquí no es por él, que con gusto le habría denunciado por acoso, sino por intentar darle al puto violador un pasaje para que se la casque a gusto en la cárcel y deje de enviar a más chicas a pasar un día en el hospital y toda la vida en el psicólogo. Lo que más me indigna es tener que agradecerle que no las haya matado. Y que en las muñecas de su última víctima dejase unas briznas de la cuerda que usó para atarla, aunque es de un tipo que ya no se vende y de momento no hemos podido seguir su rastro. Pero no aparece nadie. Igual el *zumbao* con el que me ha citado la brigada de delitos informáticos es otro tío que no tiene nada que ver y echamos la noche en balde.

—Aquí no hay movimiento.

Lo he dicho tapándome la boca con la mano y de espaldas a la discoteca, porque me siento tremendamente ridícula cuando tengo que hablar en voz alta para que me escuchen los compañeros.

—Ahí viene uno. —Oigo por el pinganillo.

Me giro y no me lo puedo creer. Aunque la gorra y la bufanda ocultan parte de su cara, le he reconocido. El que viene derecho hacia mí es el puto panadero de mi bloque. Solo me faltaba que además de echarme a perder alguna que otra comida, me estropee también la operación.

—¿Qué pasa, vecina? ¿Qué haces aquí tan sola?

—Pues ya ves, estoy esperando a una amiga para irnos de vuelta. He salido un poco antes a fumarme un cigarro. —Me toco el bolsillo donde llevo la pistola simulando que el bulto es un paquete de tabaco.

—Pues no te he visto dentro. Tu amiga no será una rubia que lleva unos pendientes de esos muy así —me dice mientras usa los índices de ambas manos para dibujar en el aire unos círculos bajo los lóbulos de sus orejas.

—¡Esa! ¡Esa misma es! Y ya está tardando más de la cuenta en salir. —Como tú en irte, me tengo que contener para no terminar la frase.

—Pues a mí me gustan más las morenas, así como tú. ¡Ojo! No me malinterpretes, que tu amiga también es bien guapa. Pero bueno, te dejo, que dentro de media hora tengo que estar ya encendiendo el horno.

Me voy para el coche, a quitarme de en medio lo antes posible. Si esperabas que cayese en la trampa, vas lista, puta. Te tengo controlada, como a todas las morenas del barrio. ¿Crees que no he visto más de una vez al coche patrulla recogerte en la puerta? Y también sé que no fumas. Lo sé porque sales a correr todas las mañanas cuando estoy levantando la persiana, aunque tires hacia el lado contrario para no tener que saludarme. Ahí te quedas, que al menos esta vez no me vais a pillar.

—Oye, vecino, ¿cómo es que hoy empiezas tan pronto?

Te has dado cuenta, hija de puta. Me he precipitado al decirte que tenía que irme a trabajar. En realidad faltan dos horas. Dos horas para las que tenía planeada diversión de la buena, antes de que tú me la jodieras.

—Te sorprendería lo pronto que empezamos con los roscones de Reyes. Aunque falten semanas, ya estoy preparando encargos. —Si no te lo crees, es tu problema.

—Se me ha roto el asa del bolso, ¿por casualidad no tendrías un trozo de cuerda en tu coche? —Maldita cabrona, no sé por qué sonríes. Ni siquiera estás disimulando que no llevas bolso. Estoy empezando a perder el control. Me tiemblan las manos y el sudor brota por toda mi frente. Ya me resbala por la nariz. Tengo que echar a correr.

—¡Ni lo intentes! —le ordeno, apuntándole con mi «paquete de tabaco». Y esta vez no me tapo la boca para gritar—: ¡Venid a por él!

Desaparecido

En la última foto que Sergio envió desde su móvil se le veía sonriente, sentado en un banco de lo que parecía un parque público. A su derecha estaba la mochila verde con la que siempre viajaba, y a su izquierda asomaba la parte superior de una guitarra. La policía me dijo que habían localizado el parque en una zona residencial próxima a la autovía y que querían centrarse en encontrar al dueño de aquella guitarra, pues debía estar decorada con algún dibujo peculiar. Sin embargo, al quedar fuera de encuadre, del supuesto dibujo solo se apreciaba en la imagen un grueso trazo curvo, similar al mango de un bastón negro. Me pidieron que les acompañase hasta aquel parque para saber si yo reconocía alguno de los elementos que aparecieron en un parterre cercano al banco de la foto: el móvil roto de Sergio, un pasaje de avión a Sídney, las llaves de nuestro piso y una rama quebrada de tomillo. Comentaron que no había tomillo en el parque, por lo que debía proceder de otro lugar. Les dije que reconocía el móvil y las llaves, pero que no podía darles información sobre los otros objetos.

Cuando me dejaron marchar no me dirigí al piso, sino a la antigua casa de mis padres. Entré por la parte trasera del jardín para arrancar y quemar la planta con la que mi madre solía aromatizar su receta de cordero asado, y enseguida he subido a mi habitación buscando el instrumento que me acompañó durante toda mi infancia, del que me encapriché por llevar grabada la silueta de un gato negro de larga y curvada cola. Fue un error regalarle a Sergio mi guitarra como último recurso. Desde la ventana, impotente, veo acercarse un coche de policía.

No hace falta que bajes

Con la puntualidad acostumbrada de todos los miércoles a las seis de la tarde, Juan entró en el bar Ranko empujando su carretilla repleta de cajas de cerveza. Antonio, su amigo desde la infancia y orondo dueño del negocio, le saludó con un movimiento de cabeza al tiempo que vertía unas gotas de leche recalentada sobre una taza de café.

—Aquí tienes tu cortadito, ¿qué tal la semana?

—Pues bien, bueno, como todas: los niños enredando y la parienta quejándose de todo y por todo —respondió el recién llegado.

Las cajas quedaron pronto apiladas al fondo del salón, junto a la puerta que daba acceso al almacén del sótano. Juan había desistido de ofrecerse a bajar el pedido, pues el otro siempre argumentaba que no hacía otro ejercicio en toda la semana y le venía bien para evitar ganar más peso.

Antes de que pudieran continuar la conversación, un enorme estruendo irrumpió desde la calle, llenando el aire de resonancias a chirriantes neumáticos, metal retorcido y cristales rotos.

—¡La madre que lo parió! ¡Mi coche! —gritó Antonio desapareciendo en dirección a la calle.

Juan quedó solo en el bar, bebiendo su cortado a pequeños sorbos, alegrándose de haber aparcado su furgoneta en la esquina y observando a través de las grandes cristaleras cómo la acalorada discusión entre su amigo y el conductor causante del estropicio se prolongaba más y más. Tras agotar el contenido de su taza, decidió ignorar las excusas tantas veces escuchadas, coger la llave que colgaba disimuladamente detrás de los jamones y bajar las cervezas al almacén.

Muy poco después, Antonio volvía a entrar e instantáneamente maldecía su suerte al ver abierta la puerta del fondo y a Juan aparecer por ella con la cara desencajada.

—Lo siento, tío. —Fue lo único que supo decir, mientras extendía el brazo detrás de la barra para agarrar con firme determinación el más afilado de sus cuchillos.

Zanyepe tamo

Sabiendo que nunca me perdonarían, aproveché la luna llena para huir de los nativos Zanyepe, «los hombres que se conocen a sí mismos», siguiendo la orilla del río Tutuqué, que significa «la morada de los peces de plata». Ascendí por la ladera del monte Tempuyé, «el que mira orgulloso hacia el sol», hasta llegar al amanecer al Tendelé, su punto más alto, cuyo entorno no se puede comparar con nada que yo hubiese visto antes. Tenía a mi izquierda vastas extensiones de árboles de pobladas copas, desde las cuales centenares de ibis y garzas levantaban el vuelo a cada momento, mientras que a mi derecha se extendía una llanura casi desprovista de vegetación. Y en el centro de la planicie, la cabaña de Sastama, la mujer a quien yo buscaba. Una columna de humo indicaba que, a pesar de la hora temprana, se estaba preparando para el almuerzo. Mis pies me llevaron ligeros hasta allí y, desde mucho antes de llegar, pude verla azuzando el fuego bajo un enorme caldero de metal. Su melena era oscura, trenzada con cuerdas de vivos colores, y vestía solamente una falda confeccionada con huesos de múltiples formas y tamaños.

—Paz en tu vida, Sastama. Los Zanyepe dijeron que eres la única persona que puede ayudarme —le dije torpemente en el dialecto que había aprendido en las últimas semanas—. Parece que les inspiras gran respeto y se negaron a explicarme el significado de tu nombre.

Ella agarró la lanza que tenía junto al caldero y respondió:

—Soy la que enloquece en cada luna de primavera y devora a los incautos que se acercan a su cabaña.

Papirografía

Días antes, el joven aspirante a escriba había entrelazado las tiras previamente prensadas, las había golpeado con su mazo de madera y había frotado la hoja resultante con una concha hasta conseguir que tuviese una superficie lisa y homogénea, digna de alojar el primer símbolo que saldría de su mano. Muchas veces había practicado usando una rama para dibujar en la arena cada uno de los grafos que llevaba meses memorizando. Llegado el día, su anciano maestro le hizo traer la hoja, tomó un afilado junco, lo empapó en tinta y dibujó un gran símbolo que apenas dejaba sitio para nada más. Le entregó el junco y le invitó a copiar lo escrito. El joven, visiblemente decepcionado, trataba de averiguar si lo que mancillaba la hoja creada con tanto cuidado y esfuerzo era un pato, un buitre, un ibis o incluso la silueta del mismísimo Horus. Se decidió por el primero. Con la agilidad adquirida en sus horas de práctica, en apenas un segundo dibujó un ánade pequeño y arrinconado, pero perfecto en cada uno de sus trazos. El maestro rompió la hoja diciendo:

—No eres digno de esta escuela. ¡Vete a tu casa y no vuelvas!

El joven bajó la cabeza y, sin replicar, cumplió sumisamente la orden. Mientras caminaba, su pensamiento era este: «Mañana tú morirás y en un año yo seré el jefe de los escribas».

El asesino de las esferas

Recuerdo los episodios de mi pasado tan intensamente que me parece estar viviéndolos de nuevo. Los primeros paseos con mi madre por los jardines del castillo, agarrado de su cálida y protectora mano. Su cara, tan luminosa que al mirar hacia arriba era para mí indistinguible del Sol. Su extraña y prematura muerte, ahogada en la piscina durante la noche de mi sexto cumpleaños. Mi abuelo, explicándome que tendría que ingresar en un internado. Las violentas situaciones en que me vi envuelto en aquel ambiente hostil, defendiéndome de los acosadores a puñetazos y también, lo reconozco con íntima satisfacción, disfrutando cada vez que rompía el labio o la nariz de alguno. Mis primeras experiencias sexuales, prácticamente violado por una ayudante de cocina con escasos prejuicios y nulo sentido del decoro. Los veranos en el castillo del viejo, rodeado de criados y con la expresa prohibición de subir al torreón. La Ama, lo más parecido a una madre que tuve durante esos periodos vacacionales, la que por las tardes dejaba un tazón de leche con azúcar y media docena de magdalenas recién hechas en la mesa de la cocina y curaba las heridas de mis rodillas cada vez que tropezaba en mis incontrolados correteos por los alrededores. La misma a quien siempre traté con calculada distancia y medido desprecio. La que nunca consiguió que aceptase jugar con su hija.

Pero podría decirse que mi vida comenzó cuando cumplí los dieciocho y volví definitivamente para vivir con el viejo. Yo no pensaba seguir estudiando y tampoco recibí ninguna presión por su parte. Su salud empeoraba deprisa y ya nunca salía de su dormitorio. Alternaba entre la cama, su sillón de lectura, el baño y la mesita auxiliar donde se sentaba a comer lo que le subían en relucientes bandejas plateadas. Inesperadamente y sin muchas explicaciones, me nombró albacea de sus bienes. Así supe que, además del castillo, tenía numerosas propiedades inmobiliarias, grandes inversiones en el extranjero y saneadas cuentas bancarias. Al día siguiente de recibir la visita del notario, me compré un Ferrari y despedí a todo el personal, excepto a la Ama y su hija. Para alejarlas de nosotros, les pagué por adelantado un alojamiento en una posada cercana. Estaban obligadas solamente a cocinar por las mañanas y a ocuparse una vez por semana de la limpieza y otras tareas domésticas.

Dueño de mi nueva situación, pasaba las mañanas durmiendo o comprando ropa y zapatos en las tiendas más caras de la ciudad; las tardes tomando el sol o pendiente del viejo, que en su dormitorio leía absorto los libros que me hacía subirle desde la biblioteca; y las noches ganándome un nombre entre los porteros y las camareras de los más exclusivos clubes nocturnos. El Ferrari y las propinas atraían fácilmente a las busconas que intentaban sin disimulo colgarse de mi cuello y mi cartera. Cada noche elegía una. Las invitaba a copas, las hacía creer que me había prendado de sus encantos y las conducía hasta algún paraje solitario, donde podía tomarlas con una violencia que aceptaban sumisas. Lo más divertido era ver sus caras cuando más tarde las convencía para salir a admirar juntos el amanecer y me largaba solo en el coche. Pero todo era demasiado fácil. Demasiado previsible. No había emoción.

Entonces apareció Luara. Yo me estaba enrollando con la chica de esa noche, cuando se sentó en una mesa cercana junto a unos amigos. De algún modo, la reconocí entre tanta gente. Había irrumpido con su cuerpo estilizado y su larga y clara melena. Y cuando nuestras miradas se cruzaron, la conexión fue instantánea. Resulta increíble mantener una conversación con alguien desconocido sin intercambiar palabra alguna.

—¿Qué haces con esa? —me preguntaban su ojos, divertidos.

—Nos estamos besando, ¿es que no lo ves? —contestaban los míos.

—Pero, ¿lo estás pasando bien? Porque no lo parece —replicaba ella.

—No es asunto tuyo, aunque podría serlo si tú quieres —decía yo.

—Hace calor aquí, voy a salir a tomar el aire.

Despedí a la chica metiendo un billete en su escote y me dirigí hacia el grupo de Luara, pero ella se había levantado y caminaba hacia la salida. La seguí hasta la calle. Se apoyó en una farola, encendió un cigarrillo, me ofreció otro —que rechacé— y tuvimos nuestra primera conversación real. La luz cenital remarcaba sus facciones perfectas, pero su voz era aún más armoniosa que las líneas de su pecho o la cadencia de sus pasos. Recuerdo perfectamente sentir por primera vez que a alguien le interesaba lo que yo tuviera que decir. Y eso me excitó mucho. Intenté convencerla para subir al coche, pero solo aceptó que la acompañase caminando hasta su casa. Reprimí mis impulsos como pude y al llegar nos sentamos en un banco cercano a su puerta, donde seguimos hablando. Al amanecer, se puso de pie y me invitó a volver por la noche.

—Sólo cenar. No creas que es fácil entrar en mi casa. Y mucho menos en mi cama —dijo con una sonrisa pícara.

—Dame tu número de móvil —rogué.

—No te hace falta, ya sabes dónde vivo.

Saludó a la cámara de seguridad de la entrada, en un gesto que parecía significar «todo va bien», y entró deprisa, sin mirar atrás. Nunca una mujer me había excitado hasta ese punto. Mis pantalones apretaban y mis sienes parecían estallar con cada contracción de mi músculo cardíaco. Conseguí calmarme en el camino de vuelta al coche. Regresé a casa conduciendo por el carril izquierdo y dormí hasta la tarde.

Cuando desperté y miré el reloj, decidí ducharme, colocarme una camisa de sobrias líneas azules con una chaqueta a juego, enfundarme un pantalón ajustado de color claro y pulverizarme con el perfume que había usado la noche anterior. Recalenté la cena que la Ama había dejado preparada y subí la bandeja al dormitorio del viejo, que dormía esta vez en una postura singular, casi cayéndose de la cama. De su cuello colgaba una cadena de oro con una extraña cruz de doble travesaño. Iba a recostarle sobre la almohada cuando pensé que podría tratarse de la llave del torreón. Abrí el broche, retiré la cruz y volví dejar la cadena cerrada rodeando su cuello justo a tiempo, cuando ya despertaba. Le ayudé a incorporarse, le dejé sentado cenando, como era habitual a esas horas, y me fui directo a la puerta del torreón. Introduje la cruz y la giré una vez. Dos veces. Tres. Por fin, el pestillo cedió y pude acceder a una larga escalera de piedra. Subí deprisa, impaciente, y llegué a una segunda puerta de idéntica cerradura. Inserté la llave y la giré tres veces.

En una total oscuridad, tanteé la pared hasta encontrar un interruptor. Una gran lámpara de hierro forjado iluminó una habitación de planta rectangular, sin ventanas, que parecía dividida en dos ambientes. A la derecha, una gruesa cuerda partía de un cabrestante, llegaba hasta una polea del techo y bajaba en vertical hasta quedarse a unos dos metros del suelo, terminando en un extremo desnudo. Si no fuese por este último detalle, cualquiera hubiese deducido que se trataba de una horca, lista para la ejecución ajena o el suicidio propio. Justo debajo de la cuerda, estaba una colchoneta raída con restos de escombros y yeso. La mitad izquierda de la habitación estaba presidida por un gran cilindro de mármol gris veteado de negro, aparentemente macizo, de unos tres metros de diámetro por uno de alto, que hacía las veces de mesa en cuyo centro reposaba un pequeño cofre dorado y también cilíndrico, ricamente decorado con incrustaciones de marfil y nácar. Completaban el mobiliario una cajonera alta de caoba, situada contra la pared del fondo, una mesita pequeña con un teléfono antiguo y una libreta, junto a la pared de la izquierda, y un sillón de estilo isabelino a la derecha de la puerta de entrada.

El cofre era, sin duda, el único objeto atractivo a la vista y para alcanzarlo tuve que subirme a la mesa de mármol. No tenía cerradura y en su interior, sobre un lecho de terciopelo negro, encontré un pequeño medallón metálico de color gris mate, rematado en forma de estrella de siete puntas. En el centro del metal, un grabado de aspecto medieval representaba al Sol con una alegre cara que me sonreía abiertamente. Tomé el medallón en mi mano. En la cara opuesta, una gema amarilla, que quizá podría ser ámbar, ocupaba el círculo central, dejando asomar solamente las puntas de metal a su alrededor.

Consciente de que se hacía tarde, guardé el medallón en un bolsillo de la chaqueta y decidí echar un vistazo rápido al resto de enseres. Clasificados en los amplios cajones del mueble del fondo, encontré objetos de lo más diverso, incluyendo linternas, billetes de avión antiguos y arneses de cuero que me hicieron repensar la horca como algún tipo de instrumento sexual. Otro de los cajones contenía diversas prendas de vestir, todas de color negro, embolsadas en plástico transparente. Me dirigí a la mesita, descolgué el teléfono y comprobé que daba el tono de llamada. La libreta a su lado contenía centenares de anotaciones con fechas y cantidades, aunque ninguna parecía reciente o inteligible.

Apagué la luz y salí volviendo a cerrar las dos puertas de acceso, pero no podía acudir así a mi cita. El pantalón y los zapatos habían quedado arruinados por el polvo del torreón, aunque no era un problema porque suelo comprar por triplicado las prendas que me gustan. En pocos minutos me subía al Ferrari tan impecablemente vestido como había salido de mi dormitorio una hora antes. Conduje tranquilamente bajo la puesta de sol. No quería precipitarme y arruinar lo que debía ser una noche para saborear despacio. Me propuse dejar que ella tomase la iniciativa, sin adelantar nunca mis deseos a los suyos. Aparqué intencionadamente donde el coche quedara a la vista de las cámaras y al acercarme al portal les envié un saludo remedando el de Luara esa misma mañana. Llamé al timbre y la puerta se abrió. Creo que nunca he visto nada tan bello. Su silueta se recortaba contra el fondo iluminado de la entrada. Llevaba un vestido ceñido, que resaltaba sus senos, y el cabello deslizándose ondulado sobre su hombro izquierdo. Me sonrió y me invitó a entrar. En el salón había una mesa preparada para dos comensales.

—Tomemos una copa antes —dijo señalando al sofá.

Me quité la chaqueta, que apoyé sobre uno de los brazos, y me senté obediente. Se acercó con una botella de vino blanco y dos copas. Me preguntó por mi infancia y cómo era que un chico tan joven tenía a su disposición ropa y coches tan caros. Le conté la parte amable de mi historia, omitiendo los detalles oscuros o dolorosos, y cuando también quise saber cómo era que una chica tan joven tenía aquella casa y vigilancia privada, se mostró elusiva, citando de soslayo a un padre distante y a una madre ausente. Durante la cena, me contó sus planes para regentar una galería de arte donde potenciaría el talento de los artistas locales. El arte moderno me aburre hasta la náusea, pero yo no dejaba de mirar sus labios, cuya sensualidad me excitaba más y más. «No te adelantes, espera a que lo diga ella», pensaba yo mientras menguaba mi capacidad de control. Y entonces lo dijo:

—Estoy muy a gusto contigo, pero deberías marcharte, mañana temprano tengo un compromiso.

Agarré a esa maldita zorra por la muñeca y la atraje hacia mí para besarla. Ella, visiblemente molesta, apartó la cara y se zafó de mi mano.

—¡Tienes que marcharte! ¡Ahora! —gritó.

Se acercó a un panel de alarma situado en la pared y colocó el dedo pulgar sobre uno de los botones. Yo estaba furioso, pero no tuve alternativa. Me puse la chaqueta y salí de la casa con un portazo y dos tallas menos de pantalón. No había llegado al coche cuando la puerta se abrió a mi espalda y su contorno volvió a dibujarse espléndido bajo el dintel. Quizá no estaba todo perdido. Se agachó y depositó algo en el umbral.

—Esto debe ser tuyo. Es muy bonito —dijo en voz baja antes de cerrar de nuevo.

Era el medallón, que debió caer sobre la moqueta cuando puse la chaqueta en el brazo del sofá.

—No era un regalo para ti, si es lo que piensas —bramé hacia la puerta mientras lo recogía.

La gema del dorso se había vuelto transparente y un punto amarillento brillaba tímidamente en la parte superior. Me fui al club donde nos habíamos conocido, enganché a la primera pelandusca que pasaba por allí, la llevé lejos en mi coche y me desahogué con ella. Sin embargo, la chica no soportó mis azotes y salió corriendo en medio de la oscuridad. Volví a casa más calmado, zigzagueando por la carretera, y me acosté con intención de dormir toda la mañana. Pero no serían ni las diez cuando la Ama me despertó con cara de preocupación.

—Señorito, unos policías quieren hablar con usted, le esperan en la sala de armas.

Me puse una bata de seda sobre el pijama de Adán y bajé preguntándome si mi peculiar forma de conducir estaría a punto de tener sus primeras consecuencias. Después de las presentaciones, uno de ellos comenzó a hablar, mientras el otro tomaba notas.

—Sabemos que estuvo anoche con una dama… —comenzó a decir uno de ellos.

—Pero estaba bien la última vez que la vi, ¿es que le ha pasado algo? —atajé.

—No se preocupe, en las grabaciones de seguridad se aprecia que ella estaba perfectamente cuando usted abandonó la vivienda.

—¿Se refiere a Luara?

—Así es. Perdone que no haya sido más concreto. El caso es que nos gustaría saber si había alguien más en la casa o si observó algo que llamase su atención, quizá algún mueble roto en el salón…

—Me llamó la atención que había cámaras alrededor de toda la casa, de modo que cualquiera que haya entrado o salido debe aparecer en las grabaciones. Y los muebles del salón estaban perfectamente. Estuvimos sentados en un sofá y luego cenando en la mesa principal —dije en tono airado. Los policías se miraron como si lo que yo acababa de decir fuese importante.

—¿Y puede confirmar que no había ninguna otra persona?

—Yo no vi a nadie. Pero ¿a qué viene todo esto? ¿Qué ha pasado?

—No podemos darle detalles, pero de todos modos se enterará por los medios de comunicación. Durante la madrugada, Luara fue asesinada.

Parecía que no era yo el único a quien la zorrita Luara había sacado de sus casillas. Hubiese preferido ocuparme yo mismo, pero no se puede tener todo. Despedí a los policías con el compromiso de llamarles si recordaba algo que pudiese ayudar en su investigación. Desayuné fuerte y tomé un baño relajante para dar tiempo a que la Ama le subiera al viejo la bandeja del almuerzo y se marchase. Sin embargo, volvió a entrar en mi cuarto por segunda vez ese día.

—Señorito, su abuelo le pide que por favor almuerce hoy con él. He subido al dormitorio la bandeja de él y la de usted. Yo me tengo que marchar ya, si da su permiso —susurró desde la puerta del baño, que yo había dejado abierta.

—Puede irse, pero sepa que la policía sólo buscaba información, no es que me acusen de haber hecho nada. Y recuerde no entrar al dormitorio cuando estoy yo. Y menos al baño.

—Es que no sabía qué hacer, lo siento mucho, señorito, hasta mañana.

La petición del viejo significaba que había descubierto la desaparición de su preciado colgante. Guardé la cruz-llave y el medallón en un bolsillo y me dispuse a recibir una reprimenda, pero también a interrogarle sobre todo lo relacionado con lo que había encontrado en su guarida. Comiendo en aquella mesita auxiliar, creo que fue la única vez que intercambiamos más de dos frases seguidas.

—Bueno, aquí estás de una pieza, has tenido más suerte que tu madre —empezó a decir.

—Siempre me dijisteis que se había ahogado en la piscina. ¿Insinúas que murió por entrar sin permiso al torreón? —respondí perplejo.

—Es una forma de decirlo. Sí.

—Quiero que me lo cuentes —exigí.

—No voy a hacerlo. Me resulta demasiado doloroso. Sin embargo, tú mismo podrás deducir lo que pasó cuando te cuente el significado de lo que has visto y cómo lo he usado a lo largo de los años. Iba a hacerlo de todos modos cuando estuvieras preparado. Lo estés o no, ha llegado el momento. Supongo que has encontrado el billete.

—He visto billetes de avión antiguos en algún cajón, pero no he cogido ninguno.

—Me refiero a la pieza de metal con forma de estrella que habrás visto en un cofre dorado. Yo lo llamo «el billete» porque sirve para viajar.

Saqué el medallón del bolsillo y lo puse sobre la mesa con el sonriente Sol hacia arriba. El viejo lo tomó en la palma de su mano y le dio la vuelta. Arqueó las cejas.

—Lo has activado.

—Yo no he activado nada, se habrá puesto en marcha solo —me excusé torpemente.

—Este objeto extraordinario llegó a mí sin manual de instrucciones, cuando era un joven empleado de banca, un día que me quedé trabajando con un compañero hasta muy tarde. En el silencio de la noche, escuchamos un ruido extraño, como el de un cuerpo al caer. Encendimos todas las luces y salimos a los mostradores de atención al público. Lo que vimos era inexplicable y de hecho quedó inexplicado para mis jefes y para la policía. A uno de los mostradores le faltaba un gran trozo, como si alguien hubiese excavado un agujero esférico de casi dos metros de diámetro, que también abarcaba parte del suelo. En el fondo del agujero, un hombre con traje oscuro yacía inerte. Le faltaba más de media cabeza, que parecía haber sido limpiamente seccionada. Mi compañero se dedicó a vomitar en un rincón todo lo que había comido desde el día de su nacimiento, mientras yo llamaba nervioso por teléfono al director de la sucursal, que vivía justo encima. Mientras esperaba, rebusqué en los bolsillos del cadáver alguna identificación, pero solo encontré unas llaves que me guardé para que no se extraviasen. Por un momento, creí reconocer en aquel cuerpo rechoncho y mutilado a un cliente que había atendido esa misma mañana, aunque en realidad podría tratarse de cualquier otro. Enseguida apareció el director, al que explicamos lo ocurrido. Me ordenó llamar a la policía mientras repetía la búsqueda que yo ya había realizado y sacaba del chaleco del muerto una pieza de metal que apenas pude vislumbrar. En ese momento, ocurrió un segundo hecho aún más inexplicable que el anterior. El cadáver desapareció frente a nuestros ojos, llevándose con él la mitad de nuestro director y dejando atrás sólo sus piernas y medio tronco que sangraba abundantemente. En el boquete original aparecieron, o debería decir reaparecieron, varios fragmentos del mostrador y del suelo que antes no estaban ahí. Cuando llegó la policía, resultó muy incómodo tener que justificar que mi compañero y yo no habíamos matado a nuestro jefe, y tuvimos que acudir a la comisaría durante días para repetir una y otra vez la misma versión de los hechos. También nos examinó un psiquiatra forense, que afortunadamente dio credibilidad a nuestras palabras, aunque ello dejase la investigación en punto muerto. A los pocos días, camino al trabajo, noté por casualidad que aún tenía conmigo las llaves del misterioso cadáver. Después de tantos interrogatorios, no estaba dispuesto a informar del hecho a las autoridades y darles con ello motivos para volver a considerarme sospechoso. Una idea cuajó en mi mente. Busqué la dirección de aquel cliente rechoncho al que recordaba haber atendido. Vivía cerca, de modo que decidí pasarme «a saludar». Se trataba de una casa grande y sombría, con un pequeño jardín a la entrada. Como nadie contestaba al timbre, probé las llaves y mi corazonada se confirmó. Al abrir la puerta, casi me tumba un olor nauseabundo que me provocó arcadas. En el suelo del amplio salón había un boquete donde la mitad de mi director estaba tirada encima del cadáver del dueño de la casa, en la misma posición que ambos tenían cuando les vi desaparecer de la sucursal por arte de magia. Unos centímetros más allá estaba también el trozo de cabeza que mi compañero y yo habíamos echado a faltar en nuestra primera inspección del visitante inesperado. En un mueble cercano, encontré el cofre que ya conoces; y en su interior, la pieza que había visto brevemente en la mano de mi director. —Volvió a mostrarme el medallón, que había estado apretando con fuerza durante su relato.

Aquello sonaba a desvarío de viejo demente. Con tan delirante historia seguramente quería justificar algún inconfesable accidente que me había dejado huérfano. Pensé que, si le dejaba seguir, caería en sus propias contradicciones.

—En lugar de llamarle «el billete», deberías referirte a él como «la guillotina mágica», porque no solamente mueve cosas de lugar sino que también las trocea por el mismo precio —dije tratando de resultar irónico.

—Parece magia, pero es tecnología. Una tecnología desconocida para la ciencia actual, pero que funciona con precisión astronómica y que podrás usar sin tener que recitar ningún conjuro.

—No le veo utilidad, la verdad.

—Pues ha sido muy útil para mí. Este castillo, la ropa que llevas, el coche que conduces… todo ha salido de ahí.

Si transportaba cadáveres, también lo haría con billetes de curso legal.

—¿Lo usaste para sacar dinero de tu banco? —pregunté, adivinando lo que iba a contarme.

—No de mi banco, pero sí de otros, procurando tener más cuidado que el anterior dueño para evitar perder la cabeza, literalmente. —Hizo una breve pausa y tomó aire—. Pero hay otro detalle importante: este «billete» te transporta en el espacio, pero también en el tiempo...

Estaba empezando a hartarme de escuchar tonterías. Aun así, quise ver hasta dónde podía llegar.

—Como te he dicho, aunque nadie me explicó el funcionamiento, mediante ensayo y error conseguí averiguar la lógica de este mecanismo, al menos en parte. Voy a resumirlo para ti: solamente se activa si, a las doce de la noche, se encuentra apoyado en posición horizontal con el grabado del sol hacia abajo. Cuando lo encontraste en el cofre verías que estaba justo al revés, digamos «con el seguro puesto». Si ahora está activado es porque la última medianoche se encontraba en la posición que te he dicho. Y cuando sean las doce de la mañana, volverá al cofre.

Me costó disimular una carcajada.

—Abuelo, son casi las dos y el medallón está aquí, sobre la mesa. No me he separado de él desde que lo encontré ayer por la tarde.

—Abre el primer cajón y trae mi reloj de pulsera negro —dijo señalando a la mesilla de noche junto a su cama.

Obedecí y puse el reloj sobre la mesa. De niño lo había visto en su muñeca más de una vez. Se trataba de un reloj poco común, con la esfera completamente negra, una solitaria aguja plateada y 24 marcas alrededor, de las cuales la superior y la inferior eran doradas, mientras el resto parecía ser del mismo metal que la aguja.

—Se rige por la hora solar, que en esta latitud y época del año tiene unas dos horas de diferencia con la hora oficial. Por eso hace falta un reloj como éste.

No quería dar crédito al viejo, pero haciendo cuentas, era cierto que el medallón pudo estar en la moqueta de Luara con la cara grabada hacia abajo durante la medianoche solar. Colocó ambos artilugios uno junto a otro y con su índice señaló la manecilla del reloj, que estaba a punto de alcanzar la marca dorada inferior. Entonces el medallón desapareció.

—Buen truco —dije escéptico, al tiempo que pasé la mano por encima y por debajo de la mesa, sin encontrar nada anormal.

—Si quieres que te cuente el resto, tendrás que ir a donde tengas el cofre y traer de nuevo el billete a esta mesa.

—No he movido el cofre, sigue en el torreón —murmuré.

—Pues ve a por él. Tienes la llave…

No me gustaba que me tomase el pelo de modo tan descarado. Subí a la habitación secreta y efectivamente el medallón estaba en el cofre. Lo cogí, volví al dormitorio del viejo y se lo entregué. Siguió con sus explicaciones.

—Cuando se activa, la parte posterior se vuelve transparente y este punto luminoso aparece junto a la punta superior de la estrella. Si no cambias la posición del punto, en la siguiente medianoche, siempre según la hora solar, volverá al lugar del espacio y del tiempo donde se activó, arrastrando consigo todo lo que se encuentre a su alrededor en un radio de unos 80 centímetros. De hecho, más que un transporte es un intercambio, ya que la materia de aquel punto vendrá al presente. Pero este intercambio tiene una duración escasa y revierte en un breve intervalo. Supongamos que esta noche lo dejamos aquí, sobre esta mesa. A las doce, una esfera de materia alrededor del «billete», incluyendo parte de la mesa y de la atmósfera que la rodea, se intercambiará con otra esfera de igual tamaño situada en el punto y momento en que se activó. Pasados unos nueve minutos, las dos esferas se intercambiarán de nuevo, volviendo cada una a su lugar y tiempo originales.

—Entonces, tu cliente quiso meterse dentro de esa esfera imaginaria para transportarse al banco, pero se dejó fuera media cabeza.

—Exacto.

Como el viejo había predicho, imaginé lo que pudo pasarle a mi madre, suponiendo que aquella historia fuese real. Súbitamente, la posibilidad de que lo fuera prendió un fuego morboso y excitante en mi cerebro.

—¿Qué has querido decir con «si no cambias la posición del punto»? —La historia me había empezado a interesar.

—Que puedes tocarlo con la yema del dedo y arrastrarlo hacia las otras puntas de la estrella. Cada una provoca un retraso de una hora respecto a la medianoche solar. Por tanto, a voluntad, puedes retrasar el intercambio hasta 6 horas.

—Y todo esto… ¿qué relación tiene con el cabrestante y la mesa de mármol del torreón? —volví a preguntar, trazando ya un plan.

—La cuerda fue la primera forma segura que encontré de sacarle provecho a este artilugio. Ya te he contado que deduje su mecanismo básico a partir de lo que viví en el banco y después hice algunas pruebas. Colgarme de una cuerda mediante arneses fue el modo que encontré de evitar arrastrar elementos que pudiesen identificarme. Lo utilicé al principio para obtener oro y dinero en efectivo de varios bancos. Me hice con una pequeña fortuna con la que compré este castillo e hice algunas inversiones. Más adelante, instalé el teléfono y el bloque de mármol para usar otra estrategia y viajar sólo en el tiempo, sin cambiar el espacio. Dejaba que el billete se activase en el centro del bloque y, cuando regresaba al cofre, volvía a colocarlo en el mismo lugar, acurrucándome encima para volver con él al mismo lugar de la noche anterior y ordenar a mi agente de bolsa en ultramar realizar las inversiones que previamente había consultado en la prensa económica. Siempre lo hice discretamente, obteniendo pequeñas ganancias en cada operación. En ocasiones, me sentaba en la silla junto a la puerta para ver a mi yo del día siguiente aparecer sobre el mármol, bajar a llamar por teléfono y volver a subir antes de desaparecer. Nos saludábamos, pero nunca hablamos ni nos tocamos. Cuando tu madre murió, dejé de viajar. Ya había acumulado suficiente fortuna para ti y para mí, al menos hasta que te contase todo esto. A partir de ahora, es cosa tuya. —Se apoyó en el respaldo de su asiento y me miró fijamente.

—Es una historia muy interesante, abuelo, pero bastante difícil de creer, ¿no te parece? —Intenté aparentar indiferencia, pero por dentro mi plan ya tenía forma.

—Vas a tener otra prueba hoy, cuando el billete regrese al momento y lugar en que se activó anoche. Procura situarte a más de un metro de distancia para que no te alcance. Por el contrario, si decides viajar con él, agárralo cerca de tu vientre y ponte en posición fetal. Cuando se acerca el momento del intercambio, el color amarillo del punto luminoso se va volviendo de un anaranjado cada vez más intenso hasta llegar al rojo. No te distraigas con esto.

Hizo una larga pausa. Luego suspiró y se puso de pie.

—Estoy muy cansado. Espero que lo uses bien. Buenas noches.

—Buenas noches, abuelo —dije mientras ya se acostaba.

Cogí el medallón y el reloj solar, bajé a la cocina las bandejas con los platos sucios y fui a mi dormitorio. Tumbado en la cama, toqué el punto que brillaba débilmente en la cara posterior del medallón y arrastré el dedo verticalmente hacia abajo. Aunque con algo de retraso, la lucecilla siguió la misma trayectoria, hasta situarse entre las dos puntas inferiores de la estrella. Intenté arrastrarlo de nuevo, pero ya no se movió. Según la posición en que había quedado, supuestamente, a las tres y media de la madrugada el medallón iba a transportarse en el espacio al sofá de Luara y en el tiempo a las tres y media de la pasada madrugada, cinco y media hora oficial. Probablemente no iba a suceder. Pero mi corazón latía con fuerza, deseando que todo fuese cierto. Deseando tener en mi mano una puerta trasera, oculta de miradas indiscretas, con la que transitar por el mundo a mis anchas imponiendo mis propias reglas. Pasé la tarde tomando el sol y madurando mi plan, repitiéndolo en mi cabeza una y otra vez. Al anochecer, le dejé al viejo otra bandeja con su cena recalentada. Dormía. Volví a mi habitación, me duché, me puse intencionadamente un exceso del mismo perfume y fijé el reloj solar a mi muñeca. Vestido sólo con *slip* y albornoz, subí al torreón para prepararme. Del cajón que tenía las prendas negras, elegí un pantalón, un jersey y un pasamontañas que parecían hechos a mi medida. Tomé también una linterna, unos guantes de cuero y un arnés que ajusté alrededor de mi torso y mis brazos. Permanecí en silencio mirando alternativamente al reloj y al punto luminoso, hasta que este último empezó a virar hacia el naranja. Una sensación de vértigo me invadió, como si estuviese caminando por el borde de un acantilado. Enganché el arnés a la cuerda, encogí piernas y brazos, agaché la cabeza, cerré los ojos y agarré con fuerza el medallón cerca de mi vientre. Estaba ridículo allí colgado y llegué a pensar que el viejo habría colocado cámaras ocultas y estaría ahora riéndose de mí a carcajadas. Entonces, me sentí caer apenas unos centímetros.

Abrí los ojos y comprobé incrédulo que estaba en el salón de la casa de Luara, con todas las luces apagadas. Utilicé la linterna para no tropezar mientras buscaba su dormitorio, mientras un desbocado torrente de adrenalina hormigueaba por mis venas. Subí a la planta superior y la encontré sin dificultad, durmiendo en ropa interior con la ventana cerrada. Localicé un panel de alarma igual al que había visto en el salón y rodeé su cama para colocarme en una posición que le impidiera alcanzarlo. Encendí la luz. Luara abrió los ojos, todavía confusa, e intentó gritar. Me lancé sobre ella y la inmovilicé. Tenía que actuar rápido, mi tiempo era escaso. Di rienda suelta a toda la rabia que había sentido cuando me rechazó y con cada golpe mi excitación iba en aumento, en un éxtasis que parecía no tener final. Creo que reconoció mi perfume porque, a pesar del pasamontañas, la escuché murmurar:

—Eres tú.

Al poco dejó de resistirse y sentí su cuerpo inerte debajo del mío. Tenía que regresar. Quise volver al mismo punto bajo el sofá, pero al bajar por las escaleras tropecé y acabé en el suelo, en mitad del salón. El punto luminoso del medallón era de un naranja intenso. Lo agarré cerca de mi vientre, me hice un ovillo y en ese mismo momento me sentí caer sobre la colchoneta del torreón, junto con una pata y parte del tablero de la mesa donde habíamos cenado. El medallón me demostró que el viejo tenía razón; y la incredulidad quedó pronto olvidada en medio de una extrema euforia y la incontenible emoción de estar más vivo que nunca. Había encontrado un sentido a mi vida.

Unos días más tarde, compré de segunda mano una furgoneta blanca sin marcas y comencé a seguir discretamente hasta sus casas a las mismas chicas que antes subía a mi Ferrari. Si encontraba que no había cámaras en la zona y podía acercarme sin ser visto, dejaba el medallón oculto junto a una pared exterior de la vivienda y esperaba al siguiente mediodía, cuando el medallón regresaba puntualmente al cofre. Por la noche, lo utilizaba para volver a la casa, penetrar por el agujero esférico y volver a experimentar esa inigualable sensación de poder y excitación. También contraté un sistema de vigilancia, que me daría la coartada necesaria en caso de que alguien llegase a relacionarme con aquellas muertes. Al poco tiempo, la prensa comenzó a escuchar algo relacionado con unos peculiares agujeros y empezaron a hablar del «asesino de las esferas». Me sentí halagado. Quería mantener el control, de modo que planificaba mis salidas cuidadosamente, nunca más de una al mes.

Hasta que una mañana regresé de mis compras antes de lo esperado y vi de lejos a la hija de la Ama bañándose en mi piscina. Me pareció intolerable, al tiempo que me recordó que mi rechazo al agua se basaba en una mentira largamente sostenida. Inventé una excusa absurda para visitarla esa tarde en la pensión y deslizar el medallón debajo de su cama. A la mañana siguiente, recibí una llamada de la Ama.

—Señorito, no puedo ir hoy a trabajar, ha ocurrido algo terrible, terrible...

—Pero ¿qué ha pasado?

—No le quiero molestar, además tiene usted que atender a su abuelo —dijo con voz lastimera.

—No se preocupe, yo me ocuparé de las comidas. ¿Hay algo que pueda hacer para ayudarla? —pregunté esperando fervientemente su rechazo a mi propuesta.

—No, señorito, no hay nada que pueda hacer usted. Muchas gracias. Le llamaré mañana.

La conversación con la Ama me confirmó algo que yo ya sabía. La muerte violenta de su hija a manos del «asesino de las esferas» para ella ya había sucedido, pero para mí estaba por suceder. Tiré de comida congelada para salir del paso con el viejo y más tarde subí al torreón para transportarme a la noche anterior. Saqué el medallón del cofre, me vestí, me colgué de la cuerda y contraje mis miembros.

Pero cuando el punto luminoso ha llegado al rojo intenso, no he aparecido junto a una triste cama de pensión. Un frío mortal se ha apoderado de mi cuerpo y me falta la respiración. Me ahogo, literalmente. Estoy en total oscuridad, rodeado por una masa de agua helada y sé lo que eso significa. Sé que voy a morir y estoy viendo toda mi vida pasar vertiginosa ante mis ojos. Ahora comprendo lo que ha pasado. La Ama conocía el secreto del viejo y por tanto también mi secreto. Cuando se enteró de que yo había estado en la pensión, supo lo que planeaba hacerle a su hija, encontró el medallón y lo lanzó al río, lastrado para que cayese perfectamente horizontal sobre el fondo y se activase en la medianoche solar. Por la mañana, me llamó por teléfono para convencerme de que su hija había muerto trágicamente. Sabía que nunca he aprendido a nadar y que no sobreviviré a nueve minutos bajo el agua. También que, aunque mi cuerpo regrese al torreón, lo hará en forma de cadáver gélido y mutilado. Me ha vencido. Una maldita criada ha vencido al asesino de las esferas.

Notas del autor

La mayoría de los relatos recogidos en este libro los escribí entre 2016 y 2021. *El incidente de la lectura 16* y *Figura literaria* aparecieron en la antología «Ficción súbita» publicada en 2016. El primero es una versión completamente nueva de *La réplica*, que escribí en 1979. En el segundo, aparece un *Poema* publicado en «Nefelibata», revista que se editó en Granada en los años 80 del siglo pasado; el poema lo escribió mi amigo José Luis Tobalina, que posteriormente ejerció como periodista en Algeciras y falleció en 2008.

Apocalipsis, Ancestral y *Mentiroso chamán* se publicaron en «Ficción súbita II» en 2017. Por la misma época publiqué en mi blog `lauderat.blogspot.com` los relatos mencionados y algunos otros incluidos aquí.

Mala imitación nacarada proviene de la frase «De su frente la perla es, eritrea, émula vana» de la *Fábula de Polifemo y Galatea* de Góngora; dudo que alguien pueda descubrir esta referencia, salvo que su nombre sea Luis Roger.

Cumpleaños es un relato de ficción. Consideraría innecesaria esta aclaración si no fuese porque en una ocasión lo leí en público y al terminar, en lugar de los habituales aplausos, se produjo un silencio incómodo.

Presenté *Una pequeña mancha de color púrpura* al concurso de relatos breves de Ideal, siendo elegido entre los finalistas y publicado en el diario el 19 de agosto de 2021.

Los escritos de la sección «Biomentos» se basan en recuerdos personales, excepto *Simiente maldita*, que ocurrió muchas veces pero sólo en la cabeza de Salvador, mi padre; por fortuna, un chivatazo malogró su venganza contra el señorito que había preñado a su hermana, criada de una familia con posibles; de haber conseguido su propósito, hubiese acabado en la cárcel y yo no habría tenido la oportunidad de nacer ni de escribir. Mi tía Carmela nunca se casó y vivió sus últimos años con mi madre y conmigo.

Quiero agradecer a mi esposa y mis hijos su apoyo constante y entusiasta: Mari Toni, el huracán que nos arranca del suelo y nos hace volar a todos, queramos o no; María, la mariposa que nos conmueve con su belleza y nos asombra con sus logros, impropios de una criatura tan frágil; y Jose, el tigre que ruge y pelea orgulloso en mil batallas, sabiendo que puede volver para lamer sus heridas.

Sobre el autor

Guillermo J. Caamaño (Palma del Río, Córdoba, 1960) se afincó a los dieciséis años en Granada, para cursar estudios de Biología, obteniendo el Doctorado en 1986 por la rama de Bioquímica, junto al título de Programador de Aplicaciones de Gestión. Inició su labor profesional como docente en la universidad y más tarde en entidades privadas. Casado y padre de dos hijos, en 1997 abandonó la enseñanza para fundar Instituto de Desarrollo Tecnológico (www.idt.es), entidad especializada en el desarrollo de aplicaciones informáticas para empresas. Siempre tuvo inquietudes literarias, aunque permanecieron en quinto plano hasta su unión al Taller de Escritores de Granada en 2016. Sus autores de cabecera tienen nombre de césar y se apellidan Verne y Cortázar.

www.ingramcontent.com/pod-product-compliance
Lightning Source LLC
LaVergne TN
LVHW101922220826
846093LV00009B/330
* 9 7 8 8 4 1 9 0 9 2 4 4 1 *